미지 행성 코드네임
마르4469b

미피 행성 코드네임
마르4469b

초판 1쇄 인쇄 2024년 7월 25일
초판 1쇄 발행 2024년 7월 30일

지은이 남킹
펴낸이 박세현
펴낸곳 서랍의 날씨

기획 편집 곽병완
디자인 김민주
마케팅 전창열
SNS 홍보 신현아

주소 (우)14557 경기도 부천시 조마루로 385번길 92 부천테크노밸리유1센터 1110호
전화 070-8821-4312 | **팩스** 02-6008-4318
이메일 fandombooks@naver.com
블로그 http://blog.naver.com/fandombooks

출판등록 2009년 7월 9일(제386-251002009000081호)

ISBN 979-11-6169-303-3 (03810)

서랍의날씨는 팬덤북스의 가정/육아, 문학/에세이 브랜드입니다.

미지 행성 코드네임
마르44469b

서랍의날씨

마르 데페스(Mar Defez)에게 이 책을 바칩니다.

목차

1일

삐 하는 소리에 강용석 선장은 눈을 떴다. 하지만 여전히 눈앞은 안갯속이었다. 머리도 마찬가지였다. 혼란스럽기 그지없었다. 답답하고 막막했다. 하지만 기다려야 한다. 시간이 모든 것을 해결한다. 그는 두려움과 조급함을 애써 참으며, 천천히 기다림 속으로 침잠하기 시작했다.

시간이 어느 정도 흘렀을까? 차츰차츰 의식이 명확해졌다. 그리고 기억이 돌아오기 시작했다. 만약 그의 기억이 맞다면 올해는 2261년일 것이다. 그는 2254년, 7년 전에 이 캡슐 안에서 잠이 들었다.

'무사히 도착한 건가?'

'대원들은 모두 안전하겠지?'

두려움은 자신을 훑고, 이제 동료들의 안위로 번졌다.

'마르4469b. 적색왜성 마르4401의 유일한 행성. 과연 내 눈앞에 다시 펼쳐진 모습은 어떨까?'

'여전하겠지?'

강 선장은 비 오듯 쏟아지는 많은 의문 속에 갇혀 답답함을 느꼈다. 그는 무엇보다, 우주선 인공지능 시스템인 헤르메스를 호출해야겠다고 생각했다. 하지만 입이 말을 듣지 않았다.

'젠장, 마치 걸음마를 시작하는 아기처럼 되었구먼.'

그는 입을 천천히 벌렸다. 그리고 여러 방향으로 턱을 움직여 보았다. 오랜 잠 속에 널브러져 있던 근육이 화들짝 놀란 듯, 제각각으로 행동하며 그에게 불편함을 선사했다. 하지만 그는 멈추지 않았다. 그는 이런 일에 산전수전 공중전까지 다 겪은 베테랑이었다.

'그래, 내가 냉동 수면을 어디 한두 번 겪었나!'

빽빽하던 입이 점점 부드러워졌다. 침도 조금씩 새어 나왔다. 그는 이제 합창단원이 된 것처럼 음계를 읊어 나갔다.

"도 레 미 파 솔 라 시 도"

굳어진 입과 혀가 풀리며 비교적 정확한 발성이 새어 나왔다. 마침내 그는 자신감을 가지고 헤르메스를 호출했다.

"헤르메스! 헤르메스! 들리는가?"

잠시 후, 윙~ 하는 소리와 함께 캡슐의 크리스털 문이 천천히 열렸다. 뒤이어 앙증맞고 귀여운 도우미 로봇인 골렘 식스가 도착했다.

"강 선장님, 잘 주무셨습니까? 저는 골렘 식스입니다."

"자네의 높은 전자음을 들으니 반갑구먼. 근데 나의 시력은 언제쯤 돌아오려나?"

"제가 도와드리겠습니다. 선장님. 눈을 크게 떠세요."

강 선장이 눈에 힘을 주고 크게 뜨자, 골렘 식스는 자신의 몸체에 있던 망막 안정화 용액을 분무기를 이용해 그의 눈에 대고 몇 번 뿌렸다. 그러자 카메라 렌즈 초점이 맞추어지듯, 그가 마주하는 세상이 점점 분명하고 선명하게 드러났다. 골렘 파이브도 어느새 그의 곁에 다가와 그를 지켜보고 있었다.

"골렘 파이브, 너의 안주인은 어디 간 거야?"

"아, 네. 골렘 원은 지금 안소진 대원을 보살피고 있습니다."

"그녀에게 무슨 일이 일어났는가?"

선장은 황급히 몸을 일으켜 세우며, 골렘 파이브의 동그란 눈을 걱정스러운 눈빛으로 쳐다봤다.

"안소진 대원은 지금 장기 냉동 수면 증후군을 겪고 있습니다."

"심한가?"

"현재는 심각하지만 24시간 내로 의식을 찾을 것으로 확신합니다. 단지 몸속 중요 장기의 세포 활용도가 최대 65%로 나타났습니다. 그러므로 일주일 동안 집중 치료가 요구됩니다."

골렘 파이브는 적외선으로 선장의 안색을 찬찬히 스캔하며 대답했다.

"다른 대원들은 어떤가?"

선장은 그의 옆으로 나란히 잠든 대원들의 캡슐을 둘러보며 물었다.

"모두 정상입니다. 1시간 간격으로 나머지 대원들은 깨어날 것입니다."

"알았네."

강 선장은 캡슐에서 나와 바닥에 발을 짚었다. 하지만 그의 뜻대로 몸이 따라주지 않았다. 그는 비틀거리다 그 자리에 주저앉았다. 골렘 식스와 골렘 파이브가 재빨리 그를 부축했다.

"조심하세요. 지금 무리하시면 안 됩니다. 근육 세포가 정상으로 돌아오려면 적어도 2시간은 기다려야 합니다."

선장은 골렘 식스의 미끈하고 싸늘한 어깨에 손을 짚으며 겨우 두 다리로 섰다. 하지만 여전히 다리가 후들거렸다.

"알고 있네. 하지만 마음이 조급하네. 그러니 카페락토스 한 방 놔주게."

"그건 안 될 말입니다. 선장님. 심장에 무리가 갈 수도 있고, 0.017% 확률로 알레르기 반응에 의한 기도 부종으로 사망할 수도 있습니다."

골렘 식스는 입꼬리와 눈꼬리를 내려 걱정스러운 표정으로, 선장의 걸음을 도우며 말했다.

"우리 골렘 식구들은 늘 걱정이 많아. 그게 문제지. 걱정하지 말게. 내 심장은 누구보다 강하고, 내 기도는 누구보다 크고 넓으니."

선장은 싱긋이 웃으며 골렘 식스와 골렘 파이브를 번갈아 쳐다봤다. 하지만 그의 웃음은 어딘가 어색했다. 여전히 그의 안면 근육은 따로국밥이었다.

결국 골렘 파이브의 주사를 맞고 강 선장은 서둘러 제어 센터로 갔다. 그리고 헤르메스를 호출하여 커맨드 모듈 인증 절차를 수행했다.

"헤르메스. 지난 7년 동안의 비행 이상 유무를 보고하기 바란다."

"네. 강 선장님. 모듈별 상황입니다. 생활 모듈 이상 없음. 제어 모듈 이상 없음. 화물칸 이상 없음. 통신 모듈 이상 없음. 엔진 구동 모듈 이상 없음. 탈출 모듈 이상 없음. 전력 공급 모듈 이상 없음. 냉난방 시스템 이상 없음. 충돌 회피 시스템, 우주 환경 감지 센서, 우주 쓰레기 모니터링 시스템 이상 없음. 이 외에 화장실, 음식 저장 공간, 운전자 좌석, 탐사 및 실험 장비 모두 이상 없습니다."

선장은 팔짱을 낀 채, 빼곡히 들어찬 모니터를 번갈아 바라보면서, 만족스러운 의미로 고개를 끄덕였다.

"좋아, 운전 중에 발생한 특이사항은 있는가?"

"총 18가지의 대수롭지 않은 고장 중 14가지의 부품 불량으로 인한 손상은 이미 복구하였습니다. 4가지는 긴급 정도 약 상태로 남아 있습니다."

헤르메스의 친근하고 푸근한 전자 사운드가 그를 안심시켰다.

"무엇인가?"

"첫 번째, 연 1회 실시하는 우주 먼지 제거작업 도중 필터 불량으로 제17격납고 폐쇄. 수동작업 전환 대기 중입니다."

"두 번째, 제13엔진 고장으로 가동 중단입니다. 수리는 지구 귀환 후 가능합니다."

"세 번째, 실험 목적의 방사선균류 중 일부가 사멸하였습니다. 원인 분석은 송도영 박사 팀에게 이양하였습니다."

"네 번째, 홍도(asteroid belt) 지역 운행 중 지름 20cm의 소행성 충돌로 인해 항로 재조정이 이루어졌습니다. 이로 인해 도착 시간이 7일 20시 4분 20초 늦추어졌습니다. 이상입니다."

"소행성 충돌로 인한 우주선 외부 구조 손상은 없었는가?"

"약간의 찌그러짐은 발생하였으나 복구할 정도는 아닙니다."

"잘되었군."

선장은 고개를 끄덕이며 흡족함을 드러냈다. 사실, 그가 지금까지 수행한 우주여행에서 이만큼 깔끔하게 도착한 경우는 손에 꼽을 정도였다.

"네, 그럼 도착 확정 절차를 수행할까요? 선장님."

"그건 우리 대원이 모두 깨어나면 함께 실시하겠다. 우선 우주선 전체 자체 진단을 다시 한 번 수행하고, 대원들이 정상적으로 활동할 수 있도록 생명 지원 시스템을 꼼꼼하게 체크하기 바란다."

"네, 선장님. 분부대로 시행하겠습니다."

"그리고 안소진 대원 영상을 보여주도록."

선장은 길게 한숨을 쉬며 걱정스러움을 감추려고 노력했다.

"네, 중앙 모니터로 연결하겠습니다."

대형 모니터에 병실의 모습이 비쳤다. 그곳은 어둠에 가까운 조명 아래 은은한 분위기가 흘렀다. 산소 마스크를 쓴 그녀는 미동도 없어 보였다. 다만 그녀의 호흡소리가 디지털 시계음과 함께 방안을 채우고 있었다. 카메라는 천천히 움직이며 병실의 전체 모습을 화면에 담았다.

작은 유리창 너머로, 병실 밖은 청명한 별들이 반짝였다. 별빛이 창문을 따라 스며들어 안소진 대원의 얼굴을 은은하게 비치고, 어둠 속에 감춰진 그녀의 피부는 간헐적으로 빛났다. 침대 옆에는 인조 꽃과 향기로운 양초가 놓여 있다. 그리고 골렘 원이 그녀의 옆에서 간호하고 있다.

강 선장은 그녀를 바라보며 안타까운 마음이 들었다. 사실 안소진 대원이 이번 우주여행에 참가하는 것에 대한 논란이 굉장히 뜨거웠다. 대부분의 본사 관계자들은 반대 의사를 분명히 밝히었다. 왜냐하면 그녀는 자폐 스펙트럼 장애를 가지고 있었다. 비록 그 정도가 심한 것은 아니었지만, 장장 8년 동안의 우주여행에 대하여, 담당 정신과 의사도 어떤 이상 현상이 발생할지 장담할 수 없다고 하였다. 하지만 강선장이 적극적으로 밀어붙였다. 무엇보다 그녀의 우주 탐험에 대한 엄청난 집념과 놀라운 지식 때문이었다.

그녀는 우주 과학과 관련 공학, 기술, 항법, 통신, 네트워크에 이르는 방대한 지식을 꿰고 있었다. 거의 AI와 맞먹는 수준이었다. 게다가 역사와 언어에도 비범한 지식을 보였다. 그녀는 특히, 인류 고대 문명과 언어에 대한 논문 대부분을 통째로 외우고 있었다. 그런데도 그녀는 그 흔한 초등학교 졸업장조차 없었다.

그는 그녀를 처음 본 순간을 또렷하게 기억하고 있다. 5만 분의 일을 뚫고 최종 10인에 선정된 그녀는 다른 지원자와 달리 면접원들에게 눈길조차 주지 않고 계속해서 천장만 쳐다보고 있었다.

“안소진 씨. 제 얼굴을 볼 수 있나요?”

강 선장이 그녀에게 부드러운 목소리로 말했다.

“이미 봤습니다. 강용석 선장님.”

“어떤 모습인가요?”

“쌍꺼풀이 없는 알음형 눈으로 안쪽 턱뼈에 의해 눈이 약간 활공입니다. 코는 높지 않으며 평형하고 피부색은 밝은 갈색이고 둥근 얼굴형과 짧은 턱을 지녔습니다. 눈썹은 길고 촘촘하게 배치되었으며, 검은색 머리카락과 직구 머리 형태입니다. 입술은 두꺼운 편입니다. 이러한 특징을 종합해볼 때, 당신은 몽골로이드 북방계 인종에 속하며 주로 한국과 주변 지역에서 흔하게 발견됩니다.”

그녀의 말이 끝나자마자 일부 면접원들이 웃음을 터트렸다. 하지만 강 선장에게는 신선한 충격으로 다가왔다. 찰나와도 같이 스쳐 간 얼굴을 마치 사진을 들여다보듯이 기억한다는 것. 그것은 미지의 외계 행성을 개척해야 하는 그에게는, 어쩌면 그녀가 천군만마와 같은 존재가 될 수도 있었다.

“안소진 씨는 왜 위험하기 짝이 없는 행성탐험에 지원하였습니까?”

“그것은 고대 문명을 발굴하는 것과 같습니다. 고대 지식의 풍경에 몸을 맡기면 마음속으로는 시간의 깊은 흐름을 느낄 수 있습니다. 그리고 고대 문명의 모습은 제 눈을 밝힙니다. 거대한 피라미드와 신비로운 돌문, 그리고 불타오르는 태양의 촛불 아래에서 무한한 지혜가 번영하고 있습니다. 돌과 진흙에 새겨진 고대 언어는 마치 무거운 비밀을 품고 있듯 노래합니다. 그 희미한 흔적들이 현대 언어와 다르게 아련한 울림을 퍼뜨립니다. 수천 년을 뛰어넘는 언어들은 제 입술을 타고 쏟아져 나와, 온기로 가득 찬 감탄의 숨소리를 채웁니다. 그러면 먼 과거의 글자들이 제 머릿속에 날개를 달고 높이 날아갑니다. 고대 지식의 향기가 채워진 나의 손가락으로 문명의 장식을 감싸 안습니다. 불변의 신비와 무궁한 지혜에 감탄하며, 저는 마음의 문을 열어줍니다. 이것은 미지의 행성 탐험과 다를 게 하등 없습니다."

면접원들은 다시 킥킥거렸다. 하지만 강 선장은 이미 그녀에게 푹 빠지고 말았다.

"골렘 원 듣고 있나?"

선장은 한결 자연스러워진 입술 근육을 이용하여 그를 부드럽게 불렀다.

골렘 원이 고개를 들어 모니터를 향해 끄덕였다.

"안소진 대원 회복에 최선을 다해주기를 바란다. 꼭 부탁한다."

선장은 마치 인큐베이터에 갇힌 신생아를 바라보는 부모처럼 마음이 무거웠다.

골렘 원은 다시 끄덕였다. 그리고 엄지손가락을 척 내보였다.

골렘 원이 내보인 자신감에 신뢰를 얻은 강 선장은 고개를 헤르메스로 돌렸다. 그리고 말했다.

"헤르메스, 전방 워크스테이션 윈도우 보호막을 열기 바란다. 마르4469b의 진짜 모습을 이제 봐야겠네."

"네. 선장님. 현재 외부 방사능 수치가 안전인 관계로 개방 안전모드로 열겠습니다. 그럼 우리가 탐험하게 될 멋진 행성을 눈으로 직접 확인하십시오."

윈도 보호막이 서서히 올라갔다. 하늘은 항성들의 환상적인 무리로 물들어 있었다. 그리고 창의 거의 절반을 꽉 채운 반달 모양의 행성이 나타났다. 마치 지구와 달을 섞어 놓은 듯한 모습이었다. 그가 손을 뻗으면 닿을 듯이 웅장하고 화려하였다. 행성의 표면에는 클라우드 패턴과 대륙들이 명확하게 드러났다.

녹색 대양과 누런 대륙들이 하나로 어우러져 매혹적인 구를 구성하고 있었다. 대륙의 검은 선들이 혈관처럼 사방으로 뻗어 있다. 그리고 다양한 색상과 지형으로 이루어졌다. 초록 대양은 넓은 평원처럼 펼쳐져 있으며, 행성의 표면을 크게 감싸고 있었다. 땅과 바다의 경계선은 생생하였다. 대륙의 경계를 가르는 호수와 강들도 보였다.

햇빛을 받은 쪽은 백색으로 빛났다. 구름은 소용돌이처럼 휘어져 짙었다 옅어지기를 반복하였다. 행성의 자체적인 대기는 윤기 나는 자두색과 그림자가 섞인 놀라운 현상을 보여주고 있었다. 지구와는 다른 화학 조성이지만, 그만의 독특한 아름다움으로 공간을 물들이고 있었다. 우주의 무게감과 그 안에 흩어진 무수한 별들의 화려함이 어우러지며, 행성은 우리가 알던 모든 것을 초월하는 신비의 세계로 비쳤다.

눈에 띄는 것 중 하나는 대지의 바깥계였다. 행성의 곡선과 대기의 가느다란 경계를 명확하게 확인할 수 있었다. 행성의 대기는 적절한 높이에 위치하여, 보라색과 오렌지색의 레이어를 지닌 아름다운 광경으로 눈을 사로잡았다. 더욱이 행성의 녹색 보호막이 우주선의 창문에 비치면서 도드라져 보였다. 영롱하고 아름다운 모습이었다. 이미 한 번 다녀간 적도 있고 또 사진과 동영상을 통해 수 없이 본 광경임에도, 이렇게 직접 자신의 두 눈으로 다시 확인하자 그는 감동이 복받쳐 올랐다.

'한때 지구도 저러했었는데…. 아니, 이보다 더 아름답고 찬란했었지.'

선장은 크게 한숨을 쉬었다. 행성의 어두운 공간이 녹색과 흰색, 갈색으로 물들며, 햇빛에 비친 빛나는 표면이 눈부시게 반짝였다. 선장은 감회에 젖은 듯, 눈시울을 붉히며, 마르 4469b의 아름다움에 눈을 뗄 수가 없었다.

"지금 김재준 박사가 동면에서 깨어나고 있습니다."

골렘 투가 선장에게 다가오며 보고했다. 선장은, 환상에서 막 현실로 돌아온 아이처럼, 그가 다가오는 것조차 느끼지 못한 듯, 눈을 동그랗게 뜨고 그를 돌아보았다.

"상태는 어떤가?"

골렘 쓰리가 예의주시하고 있습니다. 현재까지는 정상입니다. 단지 신체 나이를 고려했을 때 적어도 3시간 이상의 휴식이 요구됩니다.

"알겠네. 나는 일단 작전실부터 시작해서 우주선 내부를 모두 훑어볼 생각이네. 박사가 거동이 가능할 때 알려주기를 바란다."

"네. 그러겠습니다."

선장은 천천히 작전실로 걸음을 옮겼다. 발걸음이 한결 부드러웠다.

강 선장이 깨어난 후, 7시간 뒤에 안소진을 제외한 우주선 탑승객 모두가 작전실에 모였다. 선장은 대원들 모두에게 일일이 악수를 하고 원탁에 마지막으로 앉았다. 그리고 주위를 한번 둘러보고는 말을 꺼냈다.

"우선 무엇보다 여기까지 우리 대원들이 안전하게 도착한 것에 깊은 감사를 드립니다. 안소진 대원은 수일 내로 깨어날 것으로 확신합니다. 그러니 너무 걱정 안 하셔도 됩니다."

"제가 특별히 신경 써서 안소진 대원을 지켜보도록 하겠습니다. 선장님."

김재준 박사가 흰 수염을 한 손으로 쓰다듬으며 말했다.

"네, 아무쪼록 잘 부탁드리겠습니다. 박사님. 의사 경험이 풍부하시니, 저로서는 마음이 한결 놓입니다. 그럼 이제 다 모였으니 도착 확정 절차를 수행하도록 하겠습니다. 헤르메스! 인증 스캔 영상 촬영 준비와 본사와 통신 연결하기를 바란다."

"네. 선장님. 이미 준비되었습니다."

"그럼 저의 오른쪽부터 성함과 직책, 담당 업무를 말씀하시고 두 손바닥을 편 채 카메라로 포즈를 잡으시기를 바랍니다."

선장은 전신 엑스레이 사진 촬영을 하는 듯한 모습을 보이며 싱긋이 웃었다.

"송도영 박사입니다. 대상 행성 생태계 구축 담당입니다. 이번 미션은 생물들의 환경 적응도 파악이 주요 업무입니다. 칸 팀장과 함께 물의 순환관리도 포함합니다."

"살만 칸 팀장입니다. 행성탐험 장비 관리 업무입니다."

"오동추 대원입니다. 행성탐험 보안 및 군사 장비 업무입니다."

"빅토르 린 대원입니다. 우주선과 로봇 프로그래밍 관리 업무입니다."

"김재준 박사입니다. 대원들의 건강관리와 행성의 기후제어 업무입니다. 특히 이번 미션은 송도영 박사와 함께 산소 생산 박테리아 관리도 포함합니다."

"강용석 선장입니다. 이번 행성 마르 4469b 테라포밍 프로젝트 전부를 책임지고 있습니다. 특히 최근에 발견한 검은 아리아 계곡 지하수의 수질을 채집하여 사용 가능 여부를 파악할 예정입니다."

"선장님. 촬영을 마쳤습니다."

촬영 종료 신호를 확인한 선장은 다시 대원들 한 사람 한 사람 번갈아 쳐다보며 말했다.

"수고했습니다. 대원 여러분. 오늘은 도착 첫 날입니다. 그리고 장기간의 동면으로 인한 후유증이 있으리라 봅니다. 그러니 충분한 음식 섭취와 휴식을 취하시기를 바랍니다. 작업은 내일 오전 9시부터 하도록 하겠습니다. 그럼 이만 회의를 마칩니다."

대원들이 모두 물러나자 선장은 헤르메스를 다시 호출했다.

"내일 지상으로 내려갈 왕복선의 상태를 철저하게 점검하기를 바란다. 특히 영상 장비, 각종 분광계와 센서, 샘플 수집 장비, 드릴 장비, 통신 장비, 에너지 공급 장치를 자세히 검사하기를 바란다."

"네, 그러겠습니다. 선장님."

"그리고 지금 무인 탐험 드론 1기를 검은 아리아 지역으로 보내서, 그곳의 지형지물을 자세히 스캔하고 대기 상태와 풍향, 풍속을 기록하기를 바란다. 아울러 지하수 도착까지의 깊이를 측정하여 보고하도록."

"네, 그러겠습니다. 선장님."

"아, 그리고 한 가지. 검은 아리아 지역은 햇빛이 비치지 않는 그림자 지역이므로 아직 탐사하지 않은 지역이다. 그러므로 혹시 모르니 드론에 자위 무기를 장착하기를 바란다. 그리고 모선에서 출발부터 도착 때까지의 모든 것을 영상으로 기록해라. 이상."

"네. 선장님."

선장은 헤르메스가 만약 인간이라면 어깨라도 토닥거려주고 싶은 마음이었다. 그 정도로 둘 사이의 연대감은 대단했다.

"그럼, 나는 이제 휴식을 취하겠네."

선장은 다감한 미소를 헤르메스에게 보냈다.

오일

선장은 향긋한 커피향에 눈을 떴다. 하지만 여전히 몸은 무거웠다.

"잘 주무셨습니까? 선장님."

골렘 파이브가 그의 곁에서 큰 눈을 껌뻑이며 은색으로 반짝이는 모카포트 손잡이를 들어 큰 컵에 커피를 다 붓고 찬물을 섞었다. 그리고 쟁반에 담아 그에게 커피잔을 내밀었다.

"온도가 적당한지 봐주시겠습니까?"

"고맙네."

강 선장은 잔을 들어 천천히 입으로 가져갔다. 씁쓰레한 커피가 입안에 퍼지다 목구멍으로 넘어갔다. 시큼한 맛과 구수한 맛이 어우러져 그의 두툼한 입가에 미소를 전달했다. 누군가는 커피 중독이라고 했지만, 그는 홀림이라고 정의했다. 무언가에 사로잡힌 듯한 그 느낌이 언제나 좋았다. 사실 홀림은 그의 인생 전반을 지배했다. 고통과 폭력으로 점철되었던 그의 청소년 시절을 구원한 것 또한 홀림이었다.

소년원 옥상에 누군가 설치한 천체 망원경. 매일 밤 그는 잠든 동료들 사이를 조심스레 헤집고 옥상으로 올라가 하늘을 들여다봤다. 어둠이 깊어질수록 별들은 더욱 빛나고, 우주의 신비는 더욱 감미로워졌다. 도시의 불빛이 혼잡한 거리를 가득 채우고 있지만, 천상으로 눈을 돌리면, 마치 다른 세계로의 문이 열려있는 것처럼 느껴졌다. 그는 점점 하늘에 마음이 빼앗겼다. 바다에서 쉼 없이 불어오는 바람은 자신과 대화를 나누는 듯 부드럽게 그의 뺨을 스치고, 별들은 고요한 속삭임으로 그의 귀를 매료시켰다.

저 광활한 우주 속엔 무한한 이야기가 감추어져 있을 것만 같았다. 은하수가 흐르는 듯한 희미한 빛줄기는 마치 시간의 강을 헤엄치는 듯했다. 그 속에는 미래의 호기심이 녹아 있었다. 얼마나 많은 시간이 흘렀는지 모를 만큼, 그는 밤새 하늘과 하나가 되어 시간의 흐름을 잊어버렸다. 그리고 그 시간 속에서, 그는 비로소 삶의 혼탁함에서 벗겨날 수 있는 몰입을 경험했다. 그에게는 그것이 작은 우주여행이었다.

"30분 뒤 아침 회의가 있을 예정입니다. 선장님."

골렘 파이브가 샌드위치를 잘라 그에게 내놓으며 말했다.

"안소진 대원은 어떤가? 아직도 의식이 없는가?"

선장은 샌드위치를 한입 물며 걱정스러운 표정으로 골렘 파이브를 바라봤다.

"네, 아직 변동사항은 없습니다. 하지만 뇌파 기기와 뇌 자기공명영상에 따르면, 뇌의 전기적인 활동이 폭발적으로 증가하였습니다. 정상인의 수십 배에 달할 만큼."

"그럼 다행이군. 그녀에게는 그게 정상이니까."

선장은 안소진이 찰랑찰랑한 눈빛으로 창가를 응시하며 미동도 하지 않은 채, 생각에 잠겨 있는 모습을 회상하며 안도의 한숨을 내뱉었다.

"그리고 헬리오파우스(Heliosphere) 우주 정거장에서 보내온 축하 메시지가 도착했습니다."

"뭐, 내용은 안 봐도 되겠지?"

선장은 7년만에 맛보는 샌드위치의 맛에 만족하며 골렘 파이브에게 미소를 보냈다.

"네. 지극히 형식적인 인사치레입니다."

회의실의 왁자지껄한 분위기가 선장의 등장과 함께 사그라들었다. 그는 대원들을 자상하게 바라보며 목을 가다듬었다.

"다들 잘 주무셨습니까? 뭐, 사실 7년 동안 줄곧 주무신 분들에게 할 아침인사는 아니지만."

대원들이 모두 폭소를 터트렸다. 웃음이 잦아들 때까지 강 선장은 대원 하나하나의 안색을 마치 주치의처럼 자세하게 살폈다.

"혹시 긴급하게 다루어야 할 사안이 있나요?"

선장은 질문을 던지고 다시 한 번 대원들을 훑었다.

"없으면 예정된 일정으로 가도록 하겠습니다. 우선, 송도영 박사님은 오늘 여기 남아서 이미 전달받은 대로 일부 방사선균류의 갑작스러운 사멸 원인을 파악해주시기 바랍니다. 오동추 대원은 오늘 저와 함께 검은 아리아 계곡 탐방에 나설 겁니다. 각종 분석 장비와 보호 기구 그리고 잠수정을 준비해주시기 바랍니다. 그리고 살만 팀장님은 김재준 박사님, 빅토르 대원과 함께 지상의 테라포밍 중앙 센터 돔으로 가셔서 지금까지의 진척 사항에 대한 종합적인 평가를 해주시기를 바랍니다. 이상입니다. 질문 있나요?"

"우리 골렘 패밀리는 데려가나요?"

오동추가 코믹한 표정으로 벌떡 일어나 골렘 흉내를 내며 물었다. 몇몇 대원이 그 모습에 다시 웃음을 터트렸다.

"아, 깜빡했군요. 골렘 원과 투는 안소진 대원 간호를 맡을 겁니다. 쓰리와 포는 살만 팀장님과 함께, 파이브와 식스는 저와 함께 가겠습니다. 출발은 오전 10시로 하겠습니다. 행성 날씨와 외부 환경 변화는 헤르메스가 실시간으로 전달할 것입니다. 그리고 무엇보다 안전이 가장 중요합니다. 모든 통신 장비를 열어두겠습니다. 그러니 약간의 변화에도 서로에게 연락하는 것 잊지 마시기를 바라며 약간의 의심에도 무조건 철수하시기를 바랍니다. 우리의 목숨보다 더 귀중한 것은 없으니까요."

✶

선장은 눈앞에 펼쳐진 모습에 바짝 긴장한 듯 침을 꿀떡 삼켰다. 검은 아리아 계곡.

"가장 밝은 빛의 그림자가 가장 어둡다더니 정말이군요."

오동추 대원이 그의 옆에서 신음하듯 읊조렸다.

환하고 아름답기 그지없는 행성의 밝은 면을 지나자마자 왕복선의 헤드라이트 불빛이 반사하는 곳 외에는 아무것도 보이지 않는 칠흑 같은 어둠이 그들을 맞았다. 왕복선은 천천히, 안정적으로 깊은 계곡을 향해 내려가고 있었다.

"안 되겠어. 헤르메스. 모든 외부 조명을 최대로 밝혀."

선장은 전면 창을 뒤덮은 어둠에 불안을 느꼈다. 마치 뭐라도 금방 뛰쳐나올 것 같은 두려움이었다. 어쩌면 그의 성장기에 얼룩졌던 고통과 공포의 연장선상일 수도 있었다. 정신병동. 쇠창살이 엮인, 창을 수식하는 그 칠흑 같은 어둠 말이다.

"네."

강렬한 빛을 발하는 센서들이 왕복선의 주변을 점점 크고 선명하게 밝혔다. 빛에 드러난 곳은 깎아지른 절벽이었다. 크고 작은 돌과 암석들이 마치 쏟아질 듯 위태로운 광경이 계속 이어졌다. 왕복선이 점점 더 깊은 곳으로 내려갈수록 압도적인 어둠과 고요함이 주변을 감싸고 있다.

"헤르메스! 몇 킬로 하강한 거지?"

선장의 심박수가 거칠게 올랐다.

"현재 3.7킬로 하강했습니다."

"물이 있는 곳까지는 얼마 남은 건가?"

"곧 도착합니다."

미지의 것에 마주한 선장은 기대와 두려움이 휩싸였다. 곧이어 왕복선 엔진에 분수처럼 흩날리는 물방울이 눈에 들어왔다. 계곡의 바닥은 무한한 심연처럼, 끝을 알 수 없는 어두운 물로 뒤덮여 있었다. 그 심연의 바다는 정체를 알 수 없을 정도로 크고 깊어 보였다. 물의 표면은 달그락거리며 빛나는 것처럼 보이지만, 그 어떤 광채도 아닌 것이 분명하였다. 왕복선은 조용히 수면 위를 미끄러져 가며 주위를 살폈다.

"헤르메스! 이 웅덩이는 얼마나 넓은 거지?"

"아하, 웅덩이라고 하기에는 조금 민망스럽습니다. 선장님. 지나치게 넓거든요."

"넓다고?"

선장은 의아한 표정으로 다시 물었다.

"우리는 지금 계곡에 난 구멍으로 들어 온 것이 아닌가?"

"맞습니다. 하지만 라이더스 측량(LIDAR Survey)으로 스캔한 결과는 놀랍습니다. 끝없이 넓은 동굴이 이어져 있습니다. 그 크기는 50만 제곱 킬로미터가 넘습니다. 지구의 흑해보다 큽니다."

"이럴 수가?"

오동추와 선장은 놀란 눈빛으로 서로를 쳐다봤다.

"사실입니다."

"그럼 땅 속에 바다가 있단 말이야?"

"네."

"그런데 왜 이걸 초기 개척선이 발견하지 못한 걸까?"

"그들은 햇빛이 비치는 낮의 지역만 조사했습니다."

"그럼 이 바다는 오직 어두운 지역에만 분포한단 말인가?"

"네. 그렇습니다."

"암흑 속에 끝없이 펼쳐진 심연의 바다라?"

선장은 혼잣말처럼 중얼거렸다.

"헤르메스. 깊이는 알 수 있겠나?"

"알 수 없습니다. 어떤 광선도 반사되지 않습니다."

"그렇다면?"

"둘 중의 하나입니다. 지나치게 깊거나 혹은 빛을 흡수하는 무엇인가가 존재하거나. 깊이를 알려면 현재로서는 직접 들어가 보는 수밖에 없습니다."

헤르메스의 말에 선장은 암울한 기운에 빠지기 시작했다.

"젠장, 이런 곳이라면 어떤 기괴한 생명체가 산다고 해도 믿겠어요."

오동추 대원이 선장을 보며 투덜거렸다. 그 순간 헤르메스의 전자음이 다시 울렸다.

"한 가지 특이점을 발견했습니다. 선장님."

"뭔가?"

"해수면에 물풍선 모양이 포착되었습니다."

선장과 오동추는 동시에 모니터 화면을 주시했다.

✶

그곳으로 점점 가까이 가보니 정말로 거품이 보글보글 올라오고 있었다. 빛에 반사된 방울들은 수면 위로 올라와 춤을 추는 듯 흐느적거리다 공중으로 사라졌다. 마치 물 속에 한 무더기의 잠수부가 노닐고 있는 듯 보였다.

"해저 화산일까요?"

오동추는 화면에 눈을 고정한 채, 턱을 쓰다듬으며 선장에게 물었다.

"그럴 수도 있겠지. 아니면 생명체가 내뿜는 공기일 수도 있고."

선장은 측면 모니터에 실시간으로 나타나는 대기 구성 성분을 면밀히 살피고 있었다.

"특이하지는 않은 것 같은데…. 독가스는 아냐… 잠수정은 준비되었는가?"

선장은 오동추를 바라보며 물었다.

"네. 선장님."

선장은 고개를 끄덕이며 잠시 생각을 한 뒤 이윽고 오동추를 바라봤다.

"자네는 여기 남게. 나는 골렘 식스와 함께 수면 아래로 내려가 보겠다."

선장의 결정에, 오동추는 겉으로는 태연한 척했지만, 속으로는 안도의 한숨을 쉬었다.

'저 속에 뭐가 있을지 모르는데…. 괜히 따라가는 거는 아니지.'

"혹시 모르니 무기를 장착하는 게 좋을 듯합니다."

오동추는 가벼운 마음으로 잠수정 점검 현황표를 바라보며 말했다.

"어느 정도 깊이까지 내려가야 할지 모르니 가벼운 것을 장착해주게."

"네, 그럼 자기방어용 수중 소나(Sonar) 및 음파포, 소형 수류탄, 레이저 타격과 에너지 무기 정도만 준비하겠습니다. 승인 절차 부탁드립니다. 선장님."

선장은 3D로 공중에 나타난 승인란에 손가락으로 휘휘 자신의 사인을 그렸다.

선장과 골렘 식스가 잠수정에 올라타자 왕복선이 서서히 해수면으로 접근했다. 왕복선 바닥이 물에 잠길 때쯤 외부 경고등이 번쩍이며 요란하게 울렸다.

"선장님. 플로팅 도크(Floating Dock) 시작하겠습니다."

스피커에서 난 오동추의 목소리가 에코처럼 울려 퍼졌다. 도크 문이 서서히 열렸다. 그러자 바닷물이 굉음을 내며 잠수정으로 몰려들었다. 잠수정이 파도에 밀쳐 요동치기 시작했다. 선장과 골렘 식스가 손잡이를 잡고 버텼다. 전면 스크린에 물이 점점 차올라 마침내 잠수정 전체가 물속에 잠겼다.

"분리 시행합니다. 선장님."

오동추의 말과 함께 잠수정이 왕복선에 떨어져 나와 밑으로 천천히 가라앉기 시작했다.

"모든 통신 열려 있습니다. 선장님. 잘 다녀오십시오."

오동추는 마치 군인인 것처럼 선장에게 거수경례했다.

왕복선에서 완전히 분리된 것을 확인한 선장은 골렘 식스에게 명령했다.

"엔진 시동. 하강 시작."

골렘 식스가 패널 정면에 있는 붉은 버튼을 눌렀다. 그러자 잠수정이 잠에서 깬 듯 부드럽고 저음의 진동으로 전체 구조물을 흔들면서 서서히 나아갔다. 선장은 운전대를 잡고 천천히 당겼다. 수평으로 가던 잠수정이 서서히 각도를 아래로 향해 내려가기 시작했다. 둥근 창밖은 온통 암흑천지였다. 잠수정 전면 헤드라이트조차 바로 코앞의 장면만 비추었다. 결국 운전은 패널 전면에 붙은 각종 모니터에 의존할 수밖에 없었다.

선장은 차분하고 숙련된 동작으로 잠수정을 운전했다. 점점 내려갈수록 잠수정 내부가 환하게 비췄다.

"내부 조명이 너무 밝은 것 같다. 모두 소등해."

골렘 식스가 스위치를 모두 내렸다. 그러자 전면 시야가 좀 더 밝아졌다. 선장은 잠수정이 안정적인 상태가 되었음을 확신하고 시스템 점검 시행을 골렘 식스에게 명했다.

"조명 시스템 이상 없음. 통신 시스템 이상 없음. 음향 탐지기 이상 없음. 수집 넷(Net) 및 트롤링 장비 이상 없음. 카메라와 비디오 시스템 이상 없음. 바이오로그거(Bio-logger) 이상 없음. 바이오프로브(Bio-probes) 이상 없음. 유전자 시퀀싱 장비 이상 없음. 조직 샘플러(Tissue Sampler) 이상 없음. 수중 드론 (ROV, Remotely Operated Vehicle) 이상 없음. 센스 장비 이상 없음. 바이오마커(Biomarkers) 분석 장비 이상 없음. 로봇 팔 (Manipulator Arm) 이상 없음. 음압 컨테이너 이상 없음. 모두 정상입니다. 선장님."

"좋아. 그럼 샘플링 시작하도록."

선장은 긴장의 끈을 놓지 않은 채, 모니터에 펼쳐지는 암흑의 세상을 품을 각오를 다졌다.

"네. 선장님."

골렘 식스가 바쁘게 잠수정 내부를 오고 갔다. 선장은 줄곧 앞을 바라보며 혹시 모를 미확인 물체와의 충돌 대비에 정신을 집중했다. 심해로 들어갈수록 온도가 떨어지며 압력이 높아지기 시작했다. 그는 가끔 패널에 표시된 외부 온도와 압력을 지켜봤다.

"잠시 후 골렘 식스가 선장을 불렀다."

"액체 성분 분석이 완료되었습니다. 선장님."

"어떤가?"

"물 97퍼센트, 염화나트륨 3.5퍼센트, 소량의 마그네슘, 칼슘, 칼륨, 산소, 이산화탄소, 질소, 인을 소량 포함하고 있습니다. 신기합니다."

"신기하다고?"

선장은 골렘 식스에게 고개를 돌렸다.

"네. 오염되기 전 지구의 바닷물과 아주 흡사합니다."

"그래? 태양계 밖 외계 행성의 바다가 지구와 같다?"

선장은 우연의 일치치고는 섬뜩한 느낌마저 들었다. 아무리 후하게 쳐도, 이런 우연은 천만 분의 일의 확률 정도였다. 누군가가 지구의 바닷물을 가져와 여기에 일부러 뿌려놓지 않은 이상은 말이다.

"그럼 생명체도 존재할 가능성이 크다는 거잖아?"

선장은 모니터와 창 밖, 골렘 식스를 번갈아 보며 물었다.

"네, 잠시만요. 음…. 그러니까 유기탄소 농도가 0.1밀리그램/리터로 나왔습니다."

"그럼 어떤가? 이것도 지구와 흡사한가?"

선장은 몸속의 아드레날린이 과다 분비되는 느낌을 받았다.

"대략 지구의 10퍼센트 정도 됩니다."

"그럼 생명체가 존재할 가능성이 크다는 거구만."

선장은 미지의 동굴 탐사대가 느낄 만한, 답답함과 두려움, 설렘과 긴장 속에 전방의 검은 세상을 날카로운 눈빛으로 응시했다.

"네. 아주 높습니다."

"샘플링을 계속하도록…. 그리고 모든 생명 탐지 시스템을 가동하고 자세히 분석하기를 바란다."

"네. 선장님."

그동안 잠수정은 조용하고 균형 잡힌 상태로 심해로 끝없이 내려갔다. 불빛은 물속으로 파장되면서 곧 희미해지고, 대신 흑회색의 단조로운 세상이 줄곧 이어졌다. 모니터에 비친 잠수정의 조명 아래로는 푸른 빛이 옅게 번지고 있었다. 어색한 정적이 계속되었다. 선장은 시선을 정면으로 고정한 채 어둠 속에서 왠지 모를 뭔가가 불쑥 튀어나올 것만 같은 공포와 새 생명체에 대한 기대감을 동시에 느끼기 시작했다.

"현재 잠수정 깊이는 5킬로를 돌파했습니다. 선장님."

골렘 식스의 말을 듣고 선장은 온도와 압력을 체크했다. 온도는 1°C에서 계속 머물렀다. 하지만 압력은 500기압까지 치솟았다.

"우리 잠수정이 어느 정도까지 견딜 수 있지?"

"900기압까지입니다."

"그럼 대략 9킬로까지는 내려갈 수 있다는 뜻인가?"

"네. 잠수정 매뉴얼에 따르면 그러합니다. 하지만 장담은 못합니다."

"무인 수중 드론은 어떤가?"

"11킬로까지입니다."

"왜 그렇게 설계했지?"

"지구에서 가장 깊은 곳이니까요."

선장의 골렘 식스의 말에 잠시 당혹감을 느꼈다.

'그럼, 뭐야? 이곳이 지구의 마리아나 해구보다 더 깊을 수도 있다는 건가?'

✶

마침내 잠수정은 9km까지 내려갔다. 하지만 여전히 이 심해의 깊이를 알 수 없었다. 어쩔 수 없이 무인 수중 드론을 내보냈다. 골렘 식스가 드론을 조종했다. 선장은 드론에 장착한 4대의 카메라가 보내오는 각각의 영상을 유심히 지켜봤다. 지금까지 화면에 비친 모습은 실망스러운 것뿐이었다. 생명체는 고사하고 부유하는 먼지조차 보이지 않았다.

"11킬로까지 내려왔습니다. 선장님. 어떡할까요?"

골렘 식스가 둥근 눈을 초승달처럼 가늘게 뜨고는 걱정스러운 표정으로 선장을 쳐다봤다.

"계속 내려가 보자고."

선장은 길게 한숨을 쉬며 천천히 말했다.

"하지만…. 아무래도 안전이…."

"어쩔 수 없는 것 같네. 적어도 심해 깊이는 파악해야 하니까."

드론은 점점 더 어둠 속으로 내려갔다. 선장은 심각한 표정으로 모니터에 집중했다.

"12킬로 넘었습니다. 선장님."

골렘 식스의 목소리 톤이 높아졌다.

"계속 내려가게."

이윽고 드론이 버거운 듯 움찔움찔하면서 오작동을 내기 시작했다.

"아무래도 더는 어려울 것 같습니다. 선장님."

골렘 식스는 이제 거의 절망적인 모습으로, 처량하게 선장을 쳐다봤다.

"조금만 더."

선장은 도저히 끝을 알 수 없는 이 심해에 대하여 왠지 알 수 없는 집착이 느껴졌다.

"조종장치가 말을 듣지 않습니다."

골렘 식스의 말이 떨어지기 무섭게 수중 드론이 삽시간에 찌그러졌다.

"완전히 맛이 갔습니다. 선장님."

골렘 식스는 고개를 설레설레 저으며 선장을 쳐다봤다. 하지만 선장은 모니터의 화면을 정지시킨 후 눈을 떼지 않고 있었다. 그리고 낮은 목소리로 속삭였다.

"뭔가 있어. 여기. 여기에 뭔가 있단 말이야."

골렘 식스가 황급히 모니터를 쳐다봤다. 화면 속에는 흐릿하지만 매끈한 곡선의 모습을 한 인공구조물이 있었다.

3일

선장은 손목시계의 진동에 억지로 눈을 떴다. 오전 3시 44분이었다.

“긴급사항입니다. 선장님. 송도영 박사의 몸 상태가 지극히 안 좋습니다.”

시계에서 울리는 골렘 투의 목소리가 비정상적으로 떨렸다.

“지금 어딘가?”

선장은 뭔가 둔탁한 것에 머리를 맞은 듯, 정신이 아찔했다.

“병실입니다.”

“알겠다.”

선장은 잠옷 바람으로 서둘러 병실로 향했다.

‘젠장, 무슨 일이 생긴 거지?’

어제, 검은 아리아 계곡에서 돌아온 선장은 곧바로 송도영 박사를 찾았다. 하지만 그녀는 수면 증후군을 호소하며 실험을 중단한 채 일찍 잠자리에 들었다.

‘가뜩이나 인력이 턱없이 부족한데 이미 두 사람이나 이렇게 되다니! 도대체 수면 장치에 무슨 문제가 있는 거지?’

✶

사실 마르4469b 탐험 프로젝트 책임자로 강 선장이 선임되었을 때 주변인들은 축하보다는 우려를 먼저 표했다. 그도 그럴 것이 10년 전, 3차 탐사대가 돌아왔을 때 대원의 절반 이상이 장기 휴직을 신청할 정도로 후유증이 컸다. 그들 대부분은 행성에 도착과 동시에 불안 장애와 환각에 시달렸다. 그 결과, 예정된 실험과 임무는 거의 수행하지 못하고 돌아왔다.

그들이 얻은 수확이라고는, 검은 아리아 계곡 밑에 액체 상태의 물이 존재한다는 것을 발견한 것뿐이었다. 그러니 강 선장이 팀을 꾸리는 데 애를 먹을 수밖에 없었다. 경험 많고 유능한 이들은 모두 그와 동참하기를 거절했다. 어쩔 수 없이 회사의 강압에 따라 로봇의 숫자를 늘리고 신입을 뽑았다.

강 선장은 처음에 신입을 데려가는 것에 극구 반대했다. 이미 다섯 차례나 외계 행성 개척 프로젝트에 참여했던 그에게 초짜는 자살 여행이나 다름없어 보였다. 육체적 고통은 고사하고 그 정신적 피폐함은, 겪어보지 않고는 표현조차 하기 힘들었다.

하지만 어쩔 수 없었다. 회사의 강경한 태도도 있지만, 무엇보다 나날이 황폐해져 가는 지구 때문이었다. 푸른 지구는 이미 오래전 모습이었다. 숲은 사라졌고 사막이 그곳을 대신했다. 빙하는 절반이 사라졌고 극심한 홍수와 가뭄, 강력한 폭풍과 지독한 고온이 도시를 괴롭혔다. 동물 대부분은 당연하게도 멸종했다. 새소리는 영상에만 존재했다. 바다는 텅 비었다. 그저 떠다니는 쓰레기뿐이었다. 도시 외곽에는 끝없이 불타는 쓰레기와 폐기물이 사방에 널렸다. 대기는 이산화탄소와 유해 가스로 가득하다. 인간의 손길이 스친 모든 곳이 파괴되었다. 지구는 절망의 땅이었다.

인간의 이주만이 유일한 해결책이었다. 마르4469b는 사람이 살 수 있는 환경을 지닌 몇 안 되는 외계 행성이었다. 더욱이 액체 상태의 물까지 발견하였으니 더 이상 지체할 수가 없었다.

안소진 대원 맞은편 병상에 송도영 박사가 누워 있었다. 그녀의 옆에는 골렘 투와 골렘 파이브가 긴장한 표정으로 체온과 혈압 등의 생체 신호를 모니터링하고 있었다.

"어떤가?"

선장은 다급한 표정으로 골렘 투를 바라봤다.

"매우 안 좋습니다. 선장님."

그녀의 얼굴은 창백하였고 숨소리는 얕고 불규칙하였다. 그리고 한 번씩 가슴이 깊게 들썩였다. 파르르 떠는 눈가에는 고통과 불안이 얽혔다. 머리카락은 헝클어져 있고 피부는 탄력을 잃고 건조해보였다. 박사의 침대 주변에는 채혈용 주사기와 약물 투여를 위한 IV 튜브가 연결되어 있었다. 그리고 옆 선반에는 각종 의료 용품과 약품들, 여러 가지 검사용 기구들이 무질서하게 놓여 있었다. 선장은 이 모든 것들이 주변의 긴장된 분위기와 상반되는 정적이라고 느꼈다.

'이럴 때 김재준 박사라도 옆에 있으면 좋으련만….'

김 박사를 포함하여 중앙 센터 돔으로 떠난 대원들은 여전히 그곳에 머물고 있었다. 선장은 무심코 골렘 투의 옆모습을 쳐다봤다. 비록 인조인간이지만 그 표정에는 그의 무력함이 고스란히 비쳤다.

"절망적입니다. 선장님. 모든 조치에도 불구하고 혈압이 계속 떨어지고 있습니다. 심장이 잠들려고 합니다."

선장은 그녀와 모니터를 번갈아 쳐다봤다. 모니터 상단에는 심전도 파형이 실시간으로 나타났다. 누가 봐도 불규칙한 파형임이 분명했다. 게다가 심박수 숫자, 혈압도 점점 떨어졌다. 송 박사의 모습이 점점 심연으로 빠져들어 가는 듯 어두워지기 시작했다.

"CPR(심폐소생술) 준비하게."

선장은 절망적인 목소리로 골렘 투를 바라보며 명령했다.

"네."

대기하고 있던 골렘 식스가 AED(자동제세동기) 장비를 가지고 서둘러 병실로 들어왔다. 그리고 그 순간, 심장 박동 모니터에 심전도 파형이 사라졌다. 모니터 화면에 평평한 선이 이어졌다.

골렘 투가 급하게 AED의 배터리 팩과 패드를 연결하고 그녀의 가슴에 붙였다. 그동안 선장은 심폐소생술을 계속했다. 그리고 외쳤다.

"제세동기도 준비하도록!"

선장의 호출을 받고 살만 팀장과 김재준 박사가 모선으로 돌아왔다.

"어떻게 된 겁니까? 선장님."

선장은 바의 푹신한 소파에 거의 드러눕다시피 하여 독한 위스키를 홀짝이고 있었다. 그는 김 박사를 보고는 억지로 몸을 일으켜 쓰러질 듯이 그를 안았다. 그리고 속삭였다.

"안타깝지만 송도영 박사님이 사망했습니다."

"원인은 뭔가요?"

김 박사가 두 팔로 선장을 살짝 밀치며 다그치듯 물었다.

"그것 때문에 박사님을 불렀습니다. 송 박사의 사망 원인을 밝혀 주시기를 바랍니다."

선장은 두 손으로 얼굴을 감싸며 괴로워했다.

"그럼?"

"네. 송도영 박사님의 부검을 허락합니다. 골렘 투와 골렘 파이브가 도울 것입니다. 송 박사의 생전 모습이 담긴 영상과 실험 일지 등은 골렘 투가 제공할 것입니다. 그리고 살만 팀장은 저와 함께 할 일이 있습니다. 제 방으로 같이 가시죠."

선장은 남은 술잔을 비우고 뭔가를 결심한 듯, 비장한 표정으로 살만을 쳐다봤다.

✶

사무실에 살만 팀장이 들어서자 강 선장은 조용히 문을 걸어 잠그고 실내 화장실로 들어갔다. 그리고 그를 손짓으로 들어오라고 불렀다. 의아한 표정으로 살만이 들어오자 선장은 다시 화장실 문을 잠그고 휴대용 전파 탐지기를 틀었다.

"미안하네. 이렇게 하는 이유는 곧 말하겠네. 잠시만 참아주게."

선장은 살만의 손을 잡아끌며 말했다.

"네. 선장님."

어리둥절한 표정의 살만 팀장은 선장의 입에서 풍기는 술 냄새를 참으며 억지로 고개를 끄덕였다.

전파 탐지기의 붉은 등이 푸른색으로 바뀌었다. 선장은 낮은 소리로 팀장에게 속삭였다.

"자네와 내가 프로젝트에 같이 참여한 세월이 어느 정도였지?"

"그야 제가 입사할 때부터 줄곧 선장님과 함께…."

"그렇지. 우리가 같이한 세월이 자네 가족보다 길다고 그랬지."

선장은 술에 취해, 말이 꼬여가는 감과 동시에 감성적으로 변해가는 자신을 다그치며 속삭였다.

"맞습니다. 게다가 죽을 고비도 여러 번 넘겼죠. 선장님이 저를 살린 적도 있고."

"그러게. 그때가 엊그제 같은데…."

그들은 잠시 회상에 젖은 듯 좁디좁은 화장실에 다닥다닥 붙어 천장을 바라보며 말을 잊지 못했다.

"헤르메스에 무슨 문제가 있는 건가요? 이렇게 우리가 숨어서 대화를 나눌 정도라면…."

침묵을 깬 건 살만 팀장이었다. 역시 그는 노련했다. 선장이 화장실에서 이렇게 속삭일 정도로 대화를 해야 하는 상황이라면, 사방에 눈과 귀를 가지고 있는 인공지능 시스템 문제뿐이었다.

"명확하지는 않아…. 하지만 뭔가가 있어. 이번 탐사대를 꾸리면서 줄곧 느껴온 생각일세."

"어떤 느낌을?"

"소외당하고 있다는 것."

"그건 아무래도 지난번 탐사 때 선장님이 선상 반항 사건의 주동자로 지목받은 탓이 아닐까요?"

"물론 그것도 있지. 회사 차원에서 영향을 안 받을 수 없는 사건이었으니까…. 사실 그 일이 있고 난 후 두 번 다시 탐사 프로젝트에는 참가 못 하는 줄 알았거든. 에지워스 카피어 벨트에 있는 한직으로 쫓겨나 직원들 근태관리 같은 그딴 거나 시킬 줄 알았지."

"저도 솔직히 선장님이 이번 탐사대를 맡는다는 소식에 처음에는 두 눈을 의심했습니다."

"자네야 그러고도 남겠지. 내가 회사의 주의할 인물로 찍힌 게 어디 한두 번인가? 지금까지 안 잘린 것만 해도 해외 토픽감이지."

그들은 서로를 쳐다보며 입을 막고 고개를 끄덕이며 웃었다.

"자네와 나는 마르4469b 초기 탐험 멤버가 아닌가!"

웃음을 거둔 강 선장은 다시 심각한 표정으로 살만 팀장에게 속삭였다.

"그렇죠. 벌써 25년 전입니다."

"그때 기억이 나나? 우리 회사. 우주 식민지 개척 사업에 막 뛰어든 초라하기 그지없는 회사였잖아?"

"그랬죠. 그때 비하면 지금은 회사 규모가 600배 이상 커졌으니…."

살만과 선장은 자신들이 거쳐온 지난 세월에 잠긴 듯 잠시 허공을 쳐다봤다.

"다들 무모한 도전이라고 하고 아무도 반겨주지 않았잖아. 심지어 우리가 떠나는 것도 국민은 모를 정도였지."

살만 팀장은 말없이 고개를 끄덕였다. 마치 그때의 서운함이 엊그제 일인 마냥 표정이 어두워졌다.

"하지만 지금은 어떤가? 온 국민의 관심이 우리 개척 우주인에게 쏠려 있지 않은가! 회사의 위상은 이제 국가를 초월하는 막강한 파워를 지녔고…."

"결국 지구가 망가지니 다들 떠나려고 안달이 난 거죠."

"그러니 이번 프로젝트가 이상하다는 거야. 국민의 절대적 후원과 범국가적 지원을 받은 이번 탐사에도 불구하고 회사에서 제공하는 것은 터무니없이 적다는 거지!"

"저도 왠지 회사가 그다지 적극적이지 않다는 느낌은 받았습니다."

살만은 선장을 유심히 쳐다보며 고개를 설레설레 저었다.

"내가 보기에는 아주 소극적이야! 우선 헤르메스를 예로 들어보지. 헤르메스가 언젯적 인공지능이지? 우리 초기 탐사 시절에도 헤르메스였어! 이미 한물간 AI란 말이야. 지금은 단종되어 업그레이드도 되지 않아."

"하긴 제 조카 학교 시스템에도 헤르메스를 쓴다고 들었습니다."

"게다가 통상적으로 인조인간은 3명 이상은 두지 않아. 10년 전에 떠들썩했던 선상 로봇 반란 사건…. 자네도 알고 있잖아?"

"네, 유명하죠."

"그때 이후, 장기 우주 탐사대에 함께 타는 로봇은 항상 최소한으로만 해왔어. 그런데 이번에 6명이 탑승했어. 자네도 느끼겠지만 절반은 지금 빈둥빈둥 놀고 있어. 하지만 더 웃기는 게 뭔지 알아?"

"뭔가요?"

"골렘 로봇 시리즈는 작업에는 탁월한 효율성을 지녔지만, 중량이 많이 나가는 관계로, 무게에 민감한 외계 탐사 우주선에는 전혀 맞지 않다는 거지. 이런 사실은 초등학생이라도 알 수 있는 거야. 그런데 회사에서 이것을 고집하고 있어. 그리고 그 늘어난 무게만큼 대원들의 숫자를 줄였지."

"그러면?"

"대원의 수를 줄이려는 방편이었던 거지."

"왜 그런 짓을?"

"우리는 이곳에 도착하자마자 벌써 한 사람은 죽고 한 사람은 의식불명 상태야. 뭔가 느끼는 게 없나?"

"그러면?"

"김재준 박사는 고령이야. 아내와 사별했고 자식들은 모두 독립했지. 오동추는 고아로 조폭 출신이지. 감방에서 진행한 특별 우주 학교를 수석 졸업하고 우리 회사에 입사했지. 빅토르 린은 악명높은 해커 출신이고. 그 또한 가족이 없어. 송도영 박사는 이혼 후 줄곧 혼자 살았어. 안소진은 어릴 때 버림받았고. 나는 무자식에 이혼남이고. 우리 대원 중 자네만 유일하게 가족이 있네. 알다시피 회사에서 자네를 나와 떼어 놓으려고 무척 애쓰지 않았나? 그게 어떤 의미일까?"

"그럼 이번 탐사에서 모두 죽어도 그다지 문제 되지 않을 대원들만 일부러 회사에서?"

살만은 뭔가 모를 섬뜩함이 자신을 후려치는 두려움에 몸을 부르르 떨었다.

강용석 선장은 긴급회의에 참석한 이들을 쭉 훑어봤다. 살만 팀장, 빅토르, 오동추 대원 그리고 골렘 파이브와 골렘 식스가

원탁에 앉아 선장을 주시했다.

“불행하게도 오늘 우리는 송도영 박사를 잃었습니다. 삼가 고인의 명복을 비는 의미에서 1분 동안 묵념하겠습니다.”

다들 고개를 숙였다. 강선장도 눈을 감았다. 하지만 머릿속은 온갖 의문과 걱정으로 혼란스럽기만 하였다.

‘도대체 무엇이 그녀를 죽게 했는가?’

동시에 그는 숱한 난관을 극복한 베테랑답게 새로운 결의도 다졌다.

‘아무튼 더 이상의 희생은 없어야 해!’

묵념이 끝나자 선장은 결연한 심정으로 회의를 진행했다.

“지금 송 박사님의 사인을 밝히기 위한 부검을 김재준 박사님 주도하에 진행 중입니다. 결과는 나오는 대로 여러분에게 알려 드리겠습니다. 우선 그 전에 송 박사님의 사인이 외부 오염 물질, 다시 말해 박테리아나 유해 미생물에 의한 것일 가능성이 있는 관계로 박사님의 실험실과 병실 모두 폐쇄 조치하였습니다. 그리고 골렘 원의 주도 하에 살균 및 정화 작업을 하고 있습니다. 이 점 특히 유념하시기 바랍니다. 그리고 혹시 본인의 몸 상태가 정상이 아니라고 느끼면, 즉시 신고하여 제2의 불상사를 사전에 차단할 수 있기를 바랍니다.”

선장은 말을 멈추고 골렘 파이브에게 준비한 영상을 띄우도록 지시했다. 회의실 한 쪽 벽면이 큰 모니터로 바뀌었다. 그곳에 전날 촬영한 검은 아리아 계곡이 나타났다. 참석자들의 시선이 모두 한곳으로 집중되었다.

"골렘 파이브! 영상의 끝 3분 전으로 맞춘 뒤 정지시켜주기 바란다."

"네."

화면이 매우 빠른 속도로 지나갔다. 그리고 딱 멈추었다. 화면 속에는 흐리지만 뭔가 시커먼 물체가 나타났다.

"여러분, 지금부터의 영상을 잘 살펴보시기를 바랍니다. 어제 3개의 수중 드론을 잃어가며 촬영한 귀한 자료입니다. 수심은 12킬로 정도이고 심해 바닥으로 추정합니다. 자 그럼 골렘 파이브! 영상을 진행하도록."

어둠으로 둘러싸인 심원한 바다 속으로 여러 모양의 암석들이 차례로 나타났다. 그러다 문득 뭔가 이상한 것이 나타났다. 흐릿하지만 틀림없이 두드러진 둥근 형태의 물체였다. 물체는 놀라울 정도로 거대하며, 어떤 빛도 반사하지 않았다. 이 규모와 모양은 마치 오래된 신화나 고대의 비밀스러운 유적 같은 느낌이 들었다. 하지만 영상은 너무 짧았다. 곧 멈추고 말았다. 그래서 선장은 그 부분만 무한 반복을 지시했다.

참석자들은 모두 넋이 나간 듯 화면에서 눈을 떼지 않고 있었다.

"어떤가요? 여러분. 이게 무엇으로 보이는가요?"

선장은 참석자들을 하나하나 바라보며 질문을 던졌다.

"자연적으로 생성된 물체는 절대 아닌 것 같습니다."

살만 팀장이 나서서 말했다. 그러자 참석자 모두 고개를 끄덕이며 동의를 표했다.

"우리가 만든 것도 아닌 것은 확실합니다. 당연한 얘기겠지만."

빅토르가 그의 의견을 제시했다.

"그렇죠. 우리가 만들었을 리가 없습니다. 저렇게 거대한 원형구를 이 먼 곳까지 가져와서 심해에 둘 이유는 전혀 없는 것이니까요."

오동추가 추가 설명을 끝내자 살만이 선장을 보며 질문을 이어갔다.

"몇 개 정도 발견한 건가요?"

"이 영상에 나오는 물체의 개수는 대략 15개 정도입니다. 하지만 드론이 촬영한 영역이 지극히 한정적인 점을 고려해야 합니다. 지금 영상으로 보면 심해 바닥을 거대 인조물이 거의 다 덮고 있습니다. 만약 이것을 전체 바다로 확대하자면 그 숫자는 도저히 상상이 안 될 정도로 늘어날 것입니다."

"그곳 바다가 넓은가요?"

살만의 추가 질문이 이어졌다.

"흑해보다 큽니다."

오동추가 대답했다.

참석자들의 눈이 놀라움으로 가득하였다. 감탄과 중얼거림이 동시에 터졌다.

"혹시 생명체는 발견한 건가요?"

빅토르가 두 발을 떨며 물었다.

"그게 더 이상합니다. 그곳 심해는 지구가 오염되기 전 바다와 흡사한 성분을 가지고 있습니다. 다시 말해 소금물입니다. 그리고 유기 화합물도 존재합니다. 하지만 생명체를 아직 발견하지 못했습니다."

선장이 입술을 살짝 깨물며 대답했다.

"생명체를 발견하는 것보다 더 이상한 일이군요."

살만 팀장이 턱을 문지르며 그의 의견에 동의했다.

"네, 현재까지는 그렇습니다."

"헤르메스는 뭐라고 하던가요?"

"영상 분석을 의뢰해둔 상태입니다. 아마 결과는 내일쯤 나올 겁니다."

"본사에 문의해보는 것은 어떨까요?"

"그것도 고려해봤는데 너무 늦습니다. 데이터 전송에만 일주일입니다."

"그럼, 선장님. 향후 계획은 어떻게 하실 건가요?"

선장은 눈빛을 번뜩이며, 걱정스러운 표정으로 잠겨 있는 대원들을 다그치는 듯한 말투로 대답했다.

"그래서 이 자리에 여러분을 오시라고 한 것입니다. 저는 그 물체 중 한 개를 지상으로 끄집어낼 생각입니다. 다른 의견 있으신가요?"

"가능할까요? 수중 드론이 모두 박살이 날 정도로 강한 압력인데…."

빅토르가 걱정스러운 눈빛으로 선장을 쳐다봤다.

"가능한 모든 방법을 동원할 생각입니다. 여러분, 이 사실을 먼저 염두에 두시기를 바랍니다. 우리가 태양계 밖 우주 식민지 개척을 시작한 지 이미 반세기가 지났습니다. 지금까지 스무 곳이 넘는 행성이 후보지로 개발되었고, 그중에 일부는 이미 선발 주민이 주거를 시작했습니다. 그리고 백 군데가 넘는 지역에서 외계 생명체를 발견하기까지 하였습니다. 하지만 대부분이 단일 세포 혹은 몇 개의 세포로 이루어진 원기 생물이었습니다. 그나마 고등 생물이라고는 지구의 플랑크톤 정도의 수준이었습니다. 우리가 기대하던 지적 생명체의 흔적은 그 어디에도 없었습니다. 그런데 바로 지금, 어쩌면 우리와 다른 지적 생명체가 만들었을 것 같은 물체를 여기서 발견한 것입니다. 여러분."

4일

선장은 골렘 식스가 흔드는 바람에 잠에서 깨어났다.

"무슨 일인가?"

고통이 몰려왔다. 그는 여러 가지 악몽에 시달리다 겨우 잠든 상태였다.

"죄송합니다. 선장님. 안소진 대원이 깨어나면 깨우라고 하셔서…."

선장은 그 순간, 눈을 번쩍 떴다. 그가 가장 듣고 싶었던 메시지였다.

"알겠네. 병실로 곧바로 가겠다."

선장은 침대에서 억지로 몸을 일으켰다. 몸이 천근만근이었다. 하지만 머리가 더 혼란스러웠다. 동면에서 깬 후, 매일 매일 잠드는 시간이 늦어졌다. 홀로그램 벽시계가 새벽 5시 44분을 가리키고 있었다.

'젠장, 이 짓도 이젠 늙어서 못 해 먹겠구먼….'

"골렘 식스, 진통제 한 알만 주겠나?"

"식전에 드시는 것은 좋지 않습니다. 선장님."

"알고 있네. 하지만 그거라도 먹어야 오늘 하루 버틸 수 있을 것 같아."

선장은 애처로운 표정으로 골렘 식스를 바라봤다. 마치 어린이가 막대 사탕을 달라고 하는 것처럼.

"선장님의 건강이 걱정됩니다. 며칠 동안 물리적·심리적 스트레스에 많이 노출되었습니다. 30분 정도의 무중력 트레드밀 운동과 20분 정도의 인공지능 마사지와 음이온 치료를 받으시고, 가상현실 시뮬레이터로 향긋한 자연 소리와 음악을 들으며 지구의 아름다운 풍경을 감상하실 것을 추천해 드립니다."

선장은 골렘 식스의 어깨를 짚으며 헛웃음을 냈다.

'정말이지 그러고 싶다네…. 하지만….'

"말이라도 그렇게 해주니 고맙네. 우선 약부터 먹고 나서 고려해보지."

"어떤가?"

"뭐가요?"

회복실로 옮겨진 안소진은 시선을 천장으로 향한 채 무채색으로 선장에게 답변했다.

"그러니까 긴 잠을 자고 난 소감이?"

"7년 1개월 13일 동안 의식의 상실로 인한 어떤 소감도 표현할 수가 없습니다. 선장님. 하지만 지난 27시간은 다양한 자극과 환상 속에 의식의 지평을 넘나드는 감상과 회한으로 충만하였습니다."

선장은 그녀의 답변에 만족했다.

"자네의 답변을 듣고 보니 제대로 의식이 돌아왔음을 확신할 수 있겠네."

선장은 빙그레 미소를 지으며 호기심이 가득한 그녀의 반짝이는 눈을 지켜봤다.

"아직 걷기는 힘든 건가?"

선장은 여러 가지 검사를 한다고 바쁘게 움직이는 골렘 원에게 그녀의 상태를 물었다.

"조금 전 의식 수준을 확인하는 GCS(Glasgow Coma Scale) 검사를 마쳤습니다. 상태 양호합니다. 혈액 검사 결과는 2시간 뒤에 나올 것입니다. 현재는 뇌파 검사와 심전도 검사, 폐 기능 검사를 하고 있습니다. MRI도 곧 실시할 예정입니다. 신경학적 평가는 후에 김재준 박사가 할 예정입니다."

"그럼?"

"내 모든 검사가 끝나면 자유롭게 걸으실 수 있습니다. 당연한 말씀입니다만."

"알겠네. 그럼 수고해주게. 나는 김재준 박사를 만나보겠네."

선장은 떨어지지 않는 발걸음을 애써 옮기며 문을 나섰다.

"김 박사님, 부검 결과는 어떻습니까?"

선장은 김 박사를 보자마자 황급히 물었다.

"추가적인 검사가 필요하겠지만…. 송도영 박사는…. 현재로서는 혈액에서 검출된 독성분에 의한 사망으로 보입니다."

"독이 나왔다고요?"

선장이 두려워했던 결과였다.

"네. 고백해골균(Alexandrium spp.)이라는 독성 방사선균류에 의한 패러리 현상으로 짐작이 됩니다."

"패러리 현상요?"

"네. 패러리 독소(Paralytic shellfish toxin, PST)로 알려져 있으며, 오징어, 조개, 굴 등 주로 해산물을 먹은 사람에게 이런 중독 증상이 발견됩니다. 패러리 독소는 근육에 있는 신경과 근육을 조절하는 뉴로 물질의 작용을 차단하고, 신경 전달과 근육 기능에 문제를 일으킵니다. 심할 경우 근육마비와 호흡곤란을 일으킵니다."

"그럼 송도영 박사가 실험 도중 독성 방사선균류의 접촉으로 인한 사고사인가요?"

"그럴 가능성을 완전히 배제할 수는 없습니다만 균류의 단순 접촉으로 사망에 이르는 예는 없다고 봅니다."

"그렇다면?"

"누군가가 고의로 송 박사에게 독을 주입했던가 혹은 우연히 독이 든 음식을 섭취하였을 가능성이 더 큽니다."

김 박사는 마치 누가 염탐이라도 하는 듯 선장에게 가까이 다가가 귓속말로 속삭였다.

"일이 복잡해졌군요."

선장의 얼굴이 창백하게 굳어졌다.

"네 그렇습니다. 게다가 위 내용물 검사를 하였지만, 독소를 발견하지 못했습니다."

"그렇다면 누군가가 고의로?"

"그럴 가능성이 큽니다. 선장님."

김 박사는 선장이 겨우 알아챌 만큼의 낮은 목소리로 속삭였다.

선장은 길게 한숨을 쉬며 생각에 잠겼다.

'누가? 왜? 이런 짓을?'

두 사람은 한동안 말없이 서 있었다. 그러다 선장은 뭔가를 결심한 듯, 결연한 표정으로 박사에게 말했다.

"알겠습니다. 박사님. 일단 자체 수사를 진행하도록 하겠습니다. 지금 저희가 나눈 대화는 다른 대원들에게는 함구해주시기 바랍니다. 자칫 살해범으로 서로를 의심할 수도 있는 거고 혹은 살해당할 불안감도 지니게 되면 향후 프로젝트 진행이 어려울 수도 있으니까요."

"네, 알겠습니다. 선장님. 비밀로 하겠습니다."

"그리고 죄송하지만, 안소진 대원을 좀 더 잘 살펴봐주시기 바랍니다. 박사님."

선장은 진심을 담은 요청을 하며 작별인사를 나눴다.

"네. 그러겠습니다."

자신의 사무실로 돌아온 강 선장은 곧바로 헤르메스를 호출했다.

"헤르메스! 송도영 박사의 생전 모습이 담긴 모든 영상을 내게 보내주기 바란다."

"동면 전 모습도 포함입니까?"

"동면에서 깨어난 후, 영상부터 먼저 보내주게. 그리고 본사에 송도영 박사 사망 소식을 전달하기 바란다."

"사인은 뭐라고 할까요?"

선장은 헤르메스의 질문에 잠시 망설였다.

"음…. 실험실 내 독소 균류의 오염에 의한 중독사로 공시하도록."

"네. 선장님."

"그리고 살만 팀장을 불러주게."

팀장과 선장은 다시 선장의 화장실로 들어갔다.

"우려를 했던 일이 터지고 말았네. 송 박사가 아무래도 살해당한 것 같아."

"어떻게 당했는가요? 선장님."

살만의 눈이 걱정과 불안으로 떨기 시작했다.

"누군가가 박사의 몸에 독을 주입한 거 같아."

"아니, 도대체 누가 그런 짓을?"

살만은 입술을 자근자근 깨물었다.

"내가 말했듯이 회사와 무관하지 않은 것 같아. 이번 탐사를 하지 말아야 할 뭔가 절박한 이유가 있는 것 같아. 아니면 꼭 감추어야 할 만한 무엇인가가 있던가…. 우리를 모두 죽여서까지 말이야."

"그럼 선장님은 이번 살인이 송 박사 한 사람으로 끝나지 않을 것 같다는 생각이군요?"

"만약 우리 중 누군가가 또 죽는다면 나의 의심은 진실이 된다고 봐. 그리고 이런 일을 꾸밀 정도라면 지금으로서는 회사밖에 떠오르지 않아."

"그럼 회사의 절대적인 명령을 받는 헤르메스가 꾸미고, 헤르메스의 손발과 다름없는 골렘 패밀리가 살해를 했다는 거군요?"

"지금으로서는 심증일 뿐일세. 일단 송 박사의 사인은 실험실 오염에 의한 중독사로 알렸으니 그리 알고 있게."

"네."

"일단 몸조심하게. 웬만한 음식은 직접 가져와서 먹기를 바라네. 골렘 시키지 말고."

"네."

두 사람은 잠시 말을 잊은 채 기내를 덮고 있는 암울한 기운에 깊은 시름을 뱉었다.

"그리고 심해 물체를 끌어 올릴 만한 아이디어는 생각해보았나?"

"네, 지금 오동추 대원과 사전 실험을 하고 있습니다."

"어떤 실험인가?"

"저희의 구상은 이렇습니다. 잠수정 도르래 끝에 흡착기를 달아 그 물체를 끌어 올리는 것입니다. 만약 물체의 표면이 매끄럽다면 충분히 가능성이 있습니다."

"기발한 아이디어구먼. 근데 흡착기가 물체 표면에 닿았을 때 진공상태로 만들어야 하잖아. 흡착기 내 공기를 어떻게 뺄 거지?"

"그래서 지금 실험 중입니다. 흡착기 빨판 내에 초소형 원격 폭탄을 부착해서 터트리는 실험입니다. 그러면 순간적으로 빨판 내 압력이 증가했다가 줄어들면서 물체의 표면에 달라붙은 원리입니다. 만약 빨판의 고무가 찢어지지만 않는다면…."

"오케이. 실험이 성공하면 알려주게. 곧바로 심해로 내려갈 생각이네."

"네. 알겠습니다. 선장님."

"그리고 나가는 길에 빅토르 대원 좀 불러주게. 될 수 있으면 눈에 안 띄게 내게 오라고 전해주게."

"빅토르. 우주선 생활은 지낼만 한가?"

선장은 다정스러운 미소를 지으며 빅토르의 목에 새긴 화려한 글자 문신을 살폈다.

'Desperatio finis. Omnis initium.'

"뭐, 지루하지만 지낼 만합니다. 선장님."

"자네 목에 새긴 그 글은 무슨 뜻인가?"

선장은 그의 목을 가리키며 빙그레 미소를 지었다.

"절망의 끝, 모든 것의 시작이라는 라틴어입니다."

"숨은 뜻이 있는 건가?"

"아, 네. 그건…. 예전 해커 시절에…. 그냥 단순한 허세입니다. 왠지 멋져 보이지 않습니까?"

"뭔가 남들과는 다르다는 거는 느낄 수 있겠네."

선장은 빅토르의 어깨를 가볍게 토닥이며 가벼운 어조로 말했다.

"사실 저희 해커 그룹의 시그널 문장입니다. 지금은 뿔뿔이 흩어졌지만…. 감옥에서 심심해서 새겼습니다. 감방 동료가 타투 아티스트였거든요."

"교도소에서 몇 년 있었는가?"

"선고는 10년 받았는데 3년 반 있다가 여기로 왔습니다."

"물론 조건은 남은 형기 동안 외계 행성 프로젝트에 참여한다는 거겠지?"

"네, 맞습니다. 동면 기간은 제외하고."

빅토르는 해맑은 미소를 지으며 어깨를 으쓱했다.

"해커 시절이 그리운가?"

"삶의 유일한 즐거움이었습니다. 돈도 많이 벌었고요. 제 자랑은 아니지만."

선장은 그 순간, 몰입의 즐거움을 떠올렸다. 그러고 보니 빅토르의 모습이 어쩌면 자신의 젊은 시절과 흡사할지도 모르겠다고 선장은 생각했다. 선장은 이번에도 손짓과 눈짓을 사용하여 그를 화장실로 데려갔다. 어리둥절한 표정으로 따라 들어온 빅토르에게 그는 낮은 톤으로 속삭였다.

"여기서 자네의 옛날 실력 한번 발휘해볼 생각이 없는가?"

"여기서요?"

빅토르의 표정이 묘하게 상기된 듯 보였다.

"그래. 여기서."

"여기서는 싱겁죠. 왜냐하면 태양계 전체 시스템과 단절되었잖아요. 고작해야 우주선 관리 인공지능인 헤르메스밖에 없잖아요?"

빅토르는 빈정거림과 농담을 섞은 몸짓을 내보이며 해맑게 대답했다.

"그래, 그 헤르메스."

빅토르는 그 순간, 선장의 말이 매우 진지하며 어쩌면 심각한 것일 수도 있다는 촉을 감지했다. 그리고 해커답게, 삽시간에 수십 가지의 경우의 수를 예측하고 판단하고 결정을 내렸다.

"선장님. 저는 두 번 다시 감옥으로 돌아갈 생각이 없습니다."

빅토르는 감옥에서의 고통이 불현듯 자신을 덮치는 상상에 빠지며 어색한 표정으로 대답했다.

"자네 나이가 몇이지?"

"서른 일곱입니다만 왜 제 나이를?"

"동면 기간 7년을 빼면 서른이구먼."

"네. 그런 셈이죠."

"자네 해킹 경력이 어떻게 되지?"

"그야, 음…. 20년 정도입니다만…."

빅토르는 멋쩍은 표정을 지었다.

"그럼 10살 때부터 해커였구먼?"

선장은 놀라운 표정을 지으며 그에게 물었다.

"네. 해킹 말고는 할 줄 아는 게 없습니다."

빅토르는 왠지 쑥스러운 듯한 표정으로, 선장의 표정에 담긴 칭찬을 애써 넘겼다.

"20년 동안 해킹하면서 발각된 적이 있었나?"

"그야 당연히 없죠. 만약 발각되었다면 악명 높은 해커라는 명성은 듣지 못했을 거니까요."

빅토르는 마치 슈퍼맨처럼 가슴을 내밀며 장난스러운 표정을 지었다.

"그래. 그랬지. 자네가 감옥으로 간 것은 자네의 놀라운 능력을 시기한 자네 친구의 밀고 때문이었잖아."

"네. 그렇습니다만…."

빅토르는 선장의 말이 의미하는 바를 단박에 알아챘다.

"그러니 무슨 뜻인지 알겠지?"

"물론 무슨 말인지 알겠습니다. 헤르메스 정도 속이는 것은 일도 아니기는 합니다만….”

“자네의 해킹을 부탁한 사람은 날세. 내가 스스로 자네를 고자질하지 않는 이상 들킬 염려는 없다는 거지. 그런데 내가 부탁했는데 내가 왜 회사에 일러바치겠나? 나도 같이 감옥에 갈 텐데.”

“그런데 어떤 정보가 필요한가요? 선장님.”

빅토르는 마침내 결심을 굳힌 듯한 모습으로 그를 쳐다봤다.

“우리 회사가 이번 프로젝트에 뭔가 숨기는 게 있는 것 같아. 그걸 찾고 싶네.”

“그건 너무 모호한데요. 선장님. 헤르메스가 비록 구 버전 인공지능이라고는 하지만 수백 페타바이트에 달하는 방대한 정보를 지녔습니다. 사막에서 바늘 찾기입니다.”

“그러면 이건 어떤가? 지난 3차 탐험대에서 발생한 특이점을 파악하는 것은?”

“그건 이미 공표되었잖아요? 사전 교육도 다 받았고요.”

“내 말은…. 그러니까…. 회사에서 발표한 자료 외의 정보가 필요하네.”

“그건 그냥 헤르메스에게 물어봐도 되지 않을까요?”

“헤르메스 몰래 해주기를 바라네.”

선장의 말에 빅토르는 그 이유를 깨달았다.

“혹시 그 이유가 송 박사님 죽음과 관련된 건가요? 선장님.”

“그 관련성을 찾기 위해 자네에게 부탁하는 걸세.”

“알겠습니다. 그럼 취약점 탐색과 악성 코드 개발, 백도어 설치에 필요한 관리자 권한을 24시간 허용해 달라고 요구합니다.

그리고 원격 시스템 접근 권한도 부탁합니다."

"허용하네. 그리고 또 한 가지 부탁이 있네."

"네. 말씀하십시오."

"잠시 후, 자네에게 송도영 박사 모습이 담긴 영상을 건네도록 하겠네. 면밀하게 분석을 해주기 바라네."

"어떤 거를 분석하라는 건가요?"

"영상 조작 여부."

선장의 말에 빅토르는 고개를 천천히 끄덕였다.

빅토르는 손가락을 빠르게 움직이며 가상 키보드를 조종하더니 우주선의 기술적 구조를 이해하는 노트를 만들어 내기 시작했다. 그의 머릿속에는 어마어마한 데이터가 끊임없이 출렁거리며 지나갔고 온갖 기밀들이 그의 지성을 유혹하고 있었다. 헤르메스는 견고한 방어장치로 둘러싸여 있었지만, 빅토르는 이를 뚫고 아주 작은 틈새라도 들어가기 위해 그의 눈을 쉴 새 없이 굴리며 미세한 흐름까지 쫓아갔다.

하지만 헤르메스는 만만한 상대가 아니었다. 꽤 많은 시간이 흘러갔다. 그동안 빅토르의 머리는 새하얗게 질릴 만큼 여러 번의 시도와 실패로 혼란과 당혹감 속에 머물렀다. 마치 모든 정보가 살아 숨 쉬며 그의 무딘 공격을 비웃기라도 하는 듯한 느낌이었다. 하지만 여기서 물러설 빅토르가 아니었다. 그의 삶은 모든 게 실패였다.

그의 가족, 친구, 학교, 사회. 이 모든 것이 그를 낙오자 혹은 범죄자로 규정했다. 하지만 그는 모든 역경을 뚫었고 마침내 원하는 목적지에 도달하였으며 그때의 희열을 경험했다. 그는 도파민 중독자였다. 그는 고통이 크면 클수록 도파민이 선사하는 선물이 더 크다는 것을 알고 있다.

마침내 수많은 데이터의 파도를 타고 빅토르는 취약점을 발견했다. 헤르메스의 핵심으로 들어갔다. 끝없이 번뜩이는 코드 블록이 우주선의 보안 경계를 느슨하게 만들었다. 그는 조심조심, 한 발짝 한 발짝 앞으로 나갔다. 불안과 쾌락이 함께 소용돌이치며 그는 성공에 점점 가까워졌다.

헤르메스의 모든 비밀이 빅토르의 눈앞에 펼쳐졌다. 그의 마음은 금지된 지식의 나열에 혀를 내밀며 뛰었지만, 그 안에 더 큰 탐구의 욕망이 도사리고 있었다. 거친 숨결이 느껴졌다. 이 길고 지루한 전투에서 빅토르는 냉정을 유지했다. 초점을 잃지 않기 위해 정신을 집중시켰다.

"안녕, 헤르메스. 너와 놀 시간이야."

빅토르는 흐뭇한 미소를 띠면서 말했다. 그리고 3차 탐사 원정대에 관한 모든 정보를 내려받기 시작했다. 그는 이것을 휴대용 퀀텀 스토리지에 옮겼다. 그리고 시스템에서 빠져나가기 전 그는 혹시나 해서, 우주선 출발 전에 헤르메스에 업데이트된 지침서를 문서로 변형하여 살펴봤다. 대부분이 우주선 관리 및 탐사와 관련된 평범한 내용이었다.

그러다 문득 그는 한 가지 문서에 시선을 멈췄다. 그 문서는 알 수 없는 문자들로 이루어졌다.

'젠장, 이건 도대체 어느 나라 글자야? 희한하게 생겼네.'

그는 사이버 번역기에 문서를 지정했다. 하지만 돌아온 답변은 황망했다.

'번역 불가.'

5일

강 선장은 비명을 지르며 깼다. 악몽이었다. 차갑고 어두운 심해였다. 그는 침대에 누워 있지만, 여전히 괴생명체의 손아귀에 얽혀 있는 듯했다. 그의 눈동자에는 공포의 그림자가 사라지지 않았다. 그는 숨을 헐떡이며 주변을 향해 팔을 뻗었다.

"무엇을 찾으시나요? 선장님."

골렘 식스가 침대 곁으로 다가오며 물었다. 선장의 얼굴은 땀으로 흠뻑 젖었다.

"물."

선장은 바짝 마른 목에 타들어가는 통증을 느끼며 겨우 말을 내뱉었다.

골렘 식스가 투명한 유리잔에 미네랄 워터를 담아 그에게 내밀었다.

"악몽을 꾸셨나요? 선장님."

선장은 물을 벌컥벌컥 들이켜고 유리잔을 바닥에 탁 놓은 뒤, 골렘 식스를 한동안 바라보다, 고개만 끄덕였다.

"과도한 스트레스에 의한 심신허약 상태로 대표되는 증상입니다. 선장님. 오늘 하루 휴가를 내시고 휴식을 취하시기를 바랍니다.”

“나도 그러고 싶네. 하지만….”

그의 목소리는 약해지고, 눈물이 눈가에 고이기 시작했다.

“하지만?”

골렘 식스의 질문에 선장은 잠시 생각에 잠긴 듯하더니 이내 말끝을 흐렸다.

“아냐. 아무것도 아냐. 잠시 나 혼자 있고 싶네.”

골렘 식스는 심각한 표정으로 고개를 끄덕이고 물러났다.

선장은 몸을 일으키려고 하였다. 하지만 납덩이를 든 것처럼 무거웠다. 어쩔 수 없이 그는 침대 머리 부분의 등받이에 상체를 기댔다. 그리고 이 모든 고통을 날려버리려는 듯 한숨을 크게 쉬었다. 하지만 그에게 달라붙은 불편한 장면들은 떨어질 생각이 없어 보였다.

하는 수 없이 그는 그 상태에서 꿈속에서 그를 괴롭힌 괴생명체의 모습을 잔잔히 떠올리기 시작했다. 그를 둘러싼 기이하고 흉측한 것들. 그들은 찌그러지고 비대칭적인 형태였다. 몸에는 어두운 색조가 배어 있고 녹슨 산화물이 표피를 덮고 있었다. 그들은 고통스러운 울음소리를 냈고 무리 지어 움직였다. 그리고 가시 같은 톱니와 노란 거품을 내뿜었다. 가늘고 길게 뻗어 나온 팔과 다리는 거친 피부에 갈라져서 뼈가 앙상하게 드러나 있었다.

눈은 크고 붉고 투명하였으며, 광채를 발산했다. 입은 길게 찢어져 뭔가가 흘러내리고, 귀는 비정상적으로 컸다. 머리 위에는 거대한 유리 같은 뿔이 드물게 나 있었다. 그들은 부패한 사체에 아귀처럼 달라붙어 게걸스럽게 살점을 뜯고 있었다.

'젠장, 도대체 내 머릿속에 뭐가 든 거지? 이러다가 여기서 미칠지도 몰라.'

선장이 자신 속에 침잠하고 있는 사이에 살만 팀장에게서 화상 전화가 왔다.

"선장님. 흡착기 실험이 만족스러운 결과를 얻었습니다. 이제 언제든지 심해로 내려갈 수 있습니다."

"그래? 그거 반가운 소식이군. 최대한 빨리 내려갈 수 있도록 준비를 해두게."

"네. 알겠습니다. 동참 대원은 누구로 할까요?"

"오동추 대원과 자네. 그리고 나. 음…. 그리고…. 골렘 포, 파이브 이렇게 데려가도록 하지."

"네. 그럼 준비되는 대로 연락드리겠습니다."

"오케이."

전화를 끊고 선장은 억지로 몸을 일으켜 샤워실로 갔다. 그는 모든 악의 기운을 떨쳐내기라도 하려는 듯 얼음같이 차가운 물을 몸 전신에 퍼부었다.

선장이 아침을 마쳤을 때쯤 김재준 박사에게서 연락이 왔다.

"선장님. 안소진 대원의 몸 상태가 완전히 정상으로 돌아왔습니다. 체온, 혈압, 맥박, 호흡, 뇌 기능, 혈당, 혈전, 심전도, 청력, 시력, 혈액 가스 분석 모두 양호합니다."

"네. 수고하셨습니다. 박사님. 한 시간 내로 안소진 대원을 면담하도록 하겠습니다. 향후 일정도 조정하고…. 제 두 눈으로 그녀의 건강한 얼굴을 다시 확인하고 싶군요."

"네. 그렇게 전달하겠습니다. 그럼."

선장은 박사와 통화를 마치자마자 빅토르 대원에게 연락했다.

"아, 네. 선장님. 안 그래도 선장님께 전화할 참이었습니다."

"그래, 그럼 내 방으로 오도록."

잠시 후, 선장의 화장실로 빅토르가 들어왔다.

"뭔가 좀 알아냈나?"

빅토르는 말없이 그의 품에 지니고 있던 휴대용 저장 스틱을 그에게 내밀었다.

"3차 탐험대의 모든 기록이 담겨 있습니다. 시간 나는 대로 틈틈이 분석할 생각입니다. 선장님."

"수고했네."

"그리고 이건…."

빅토르는 소형 3D 프로젝트를 꺼내 문서 하나를 올렸다.

"이건 그러니까 본사에서 헤르메스에게 전달한 지침 중 하나입니다. 다른 지침들은 모두 평범한 내용이었습니다. 그런데 이

거 하나만큼은 이상하기 짝이 없습니다."

그들 눈앞에 펼쳐진 문서.

독특한 기호와 진삭(stylized signs)들이 빼곡히 여백을 채우고 있었다.

선장은 이상한 기호의 문서에 눈을 떼지 못한 채 빅토르에게 물었다.

"상형문자 같은 것인가?"

"모르겠습니다. 번역기에 돌려도 전혀 해석되지 않습니다. 단지 이집트의 히에로그리프(Heiroglyphics)나 메소포타미아의 웨지글(Wedge script, 쐐기글)과 유사한 형태가 일부 포함되었다는 정도만 알아냈습니다."

"음…. 알겠네…. 일단 내게 주게."

"네."

빅토르는 허공에 손가락으로 전송 동작을 표시했다. 그러자 선장의 휴대 패드에 도착 알람이 떴다.

"송도영 박사 영상은 분석해보았는가?"

"지금 분석 중입니다. 아직은 특이 사항이 없습니다. 조작되었다는 증거도 없고요."

"알았네. 그럼 계속 수고해주기를 바라네."

빅토르가 돌아가고 난 뒤, 선장은 자신의 패드에 이상한 문자

가 적힌 문서를 띄우고는 한참을 들여다봤다.

'도대체 이게 뭐지? 회사와 헤르메스 사이의 의사소통 문자인가?'

그러다 문득 그는 안소진 대원을 떠올렸다.

'그래, 안소진이라면 이게 뭔 뜻인지 풀 수 있을 거야!'

그는 곧바로 안소진 대원에게로 달려갔다.

그녀는 해맑은 미소로 선장을 맞았다. 하지만 여전히 시선은 모니터에 꽂혀 있었다.

"안녕하세요. 선장님. 검은 아리아 계곡 밑 심해 영상을 흥미로운 관점과 분석적 시각에서 바라보고 있습니다."

"건강한 모습으로 돌아와서 기쁘군요. 안소진 대원."

선장은 마치 아빠 같은 심정으로 그녀를 사랑스럽게 쳐다봤다.

"네, 저도 행복한 마음을 지닙니다. 카메라의 자동 초점이 제대로 작동하지 않은 것 빼고는 말입니다."

모니터에 나타나고 있는 심해는 마치 죽은 밤의 깊은 미로 같았다. 어둠에 휩싸인 공간은 한 치 앞이 보이지 않을 만큼 모든 빛을 흡수하였다. 조명은 단 한 점, 가까운 물체에만 사그라들며 무색해지는 나약한 빛이었다.

화면은 형체를 잃고 어둠과 융화하여 존재 자체가 모호했다. 그리고 같은 그림의 연속이었다. 흐리고 검은 어둠. 마치 무한 테이프를 반복적으로 돌려놓은 듯하였다. 그렇게 반복되는 장면들은 시간의 개념이 흐려지고, 과거와 미래가 한데 섞이는 듯한 착각을 불러일으켰다.

그런데도 그녀의 시선은, 마치 어린 소녀가 애니메이션에 푹 빠진 듯, 호기심을 잔뜩 품은 채 화면을 뚫어져라 바라보고 있었다. 혹시라도 탁한 심해의 나지막한 빛 사이에서 무언가 다른 것을 찾고야 말겠다는 결연함마저 느껴졌다. 그녀는 선장의 존재조차 잊은 듯 보였다. 선장은 이런 그녀에게 다시 말을 걸기가 머쓱하다고 느꼈다. 그래서 그는 자신이 가져온 이 난해하기 그지없는 문서의 해석을 부탁하거나 혹은 명령한다는 용어보다는 좀 더 호기심을 유발할 만한 단어를 선택했다.

"사실 안 대원에게 줄 선물을 가져왔는데…."

"저는 이미 멋진 선물을 받았습니다. 선장님. 이 영상은 저를 무척 자극하는 영상임은 분명합니다. 더 이상의 선물은 사양합니다."

"그보다 더 자극적이라면?"

"이보다 더 저를 끌 만한 것을 상상하기란 어렵습니다. 설령 그게 수만 년 전에 사라진 고대 문명의 흔적이라고 하더라도 말입니다."

"사라진 고대 언어라면 어떤가?"

선장은 그녀의 표정이나 눈동자가 바뀌기를 희망하며 슬며시 미끼를 던졌다.

"네? 고대 언어라고요?"

안 대원은 찰나와도 같은 순간에 고개를 들어 선장을 보고는 다시 모니터에 시선을 고정했다. 선장은 그게 무슨 의미인지를 알고 있다. 그녀가 흥미를 느낀 것이다. 그는 확신하고 그녀에게 말했다.

"안 대원 휴대용 패드로 문서를 하나 보낼 테니 그 문서의 뜻을 해석하기를 바라오. 가능한 한 빨리…. 그리고 외부에는 발설하지 마시오. 그럼 이만."

선장은 문서를 전송하고 그녀의 사무실을 나왔다. 그는 문을 닫기 전 살짝 그녀의 행동을 관찰했다. 아니나 다를까 그녀는 어느새 패드에 시선을 고정하고 있었다.

선장이 자신의 사무실에 도착했을 때 안소진에게서 메시지가 왔다.

"선장님, 이 문자는 아르카디아 퀴프로스의 세부 방언과 수메르어의 형식과 어형 변형을 교묘하고 인위적으로 버무리고 교잡해놓은 잡동사니입니다. 알타이제어의 특징과 모음조화의 경향, 분열능격을 갖추고 능격-절대격 언어의 특징도 가감 없이 수사했습니다. 아무튼 저는 특수 라이브러리와 고대 언어 논문 및 사전 패키지 열람을 위한 권한이 필요합니다. 허락을 부탁합니다."

선장은 그녀가 문서 해독에 푹 빠져 있는 모습을 상상하며 흐뭇하게 웃었다. 그리고 그녀에게 외계 양자 데이터센터의 접근 권한을 부여했다.

선장과 살만 팀장 그리고 오동추를 태운 왕복선은 다시 검은

아리아 계곡의 심해에 도착했다. 이번에는 선장과 골렘 파이브는 왕복선에 남고 팀장과 오동추, 골렘 포가 잠수정에 올라탔다. 골렘 포는 잠수정의 운전과 영상 촬영을 맡고 팀장과 오동추는 흡착기를 이용해 심해 물체를 끌어올릴 계획이었다.

"잘 다녀오게. 약간이라도 이상하면 곧바로 포기하고 올라오기를 바라네. 사람 목숨보다 소중한 것은 없으니까."

선장은 거듭거듭 그들에게 당부했다.

"네, 잘 알겠습니다. 선장님."

선장은 잠수정에 올라탄 대원들을 걱정스러운 눈으로 지켜봤다. 숨죽인 긴장감이 잠수정 안을 가득 채웠다. 침묵 속에 그들은 각자 맡은 장비를 최종 점검하기 시작했다. 선장의 가슴이 다시 크게 두근거렸다.

잠수정은 서서히 어두운 심해의 바닥으로 내려갔다. 그 모습을 바라보는 선장의 눈동자에는 흥분과 불안이 뒤섞였다.

깊은 우주와도 같은 심해였다. 투명한 물거품들이 잠수정에 어울려, 그들의 이동을 가늠할 수가 있었다. 마치 시간과 공간이 녹아내린 듯한 모습이었다.

"선장님 목표지점에 도착했습니다."

얼마 지나지 않아 흐릿한 영상과 함께 살만 팀장의 목소리가 왕복선에 울려 퍼졌다.

"아직 이상은 없는가?"

"네. 현재 모든 게 양호합니다. 그럼 흡착기를 내리도록 하겠습니다."

"오케이."

심해 9km 깊이까지 접근한 잠수정은 한동안 머물면서 사방을 관찰했다. 주변이 이상 없음을 확인한 팀장은 천천히 흡착기를 수직으로 내렸다. 그리고 오동추는 수중 드론을 띄워 흡착기의 상태를 영상으로 전달했다. 드론이 12km쯤 내려갔을 때 흡착기 근처에 둥근 물체가 어둠 속에서 희미하게 빛나는 것을 발견했다.

"팀장님 조금만 더 내려가 주십시오."

오동추는 화면을 주시하며 떨리는 목소리로 옆에 있는 살만 팀장에게 말했다.

마침내 흡착기가 물체에 닿았다. 그 순간 그들은 높은 긴장감과 기대로 얕은 숨을 쉬었다.

'제발 잘 돼야 할 텐데….'

팀장은 속으로 카운트다운을 시작한 뒤, 손바닥만 한 원격 폭탄 리모컨의 붉은 버튼을 눌렀다. 잠깐이지만 드론의 영상에 물거품이 잡혔다.

오동추가 그 장면을 보며 황급히 외쳤다.

"팀장님! 폭발은 성공한 것 같습니다."

"그래? 그럼 한번 천천히 끌어올려 볼까나."

팀장이 도르래를 아주 천천히 당겼다. 뭔가 묵직한 하중이 느껴지는 떨림이 그의 손끝에 전달되었다.

"뭔가 걸리긴 걸린 것 같아! 도르래가 묵직해!"

팀장의 말에 오동추가 엄지손가락을 추켜들었다.

잠시 후 드론의 영상에 흡착기에 붙은 물체가 점점 크게 나타났다. 물체가 잠수정에 접근하며 더욱 선명한 모습으로 드러나자, 그들은 자연스럽게 손이 떨리는 것을 느꼈다.

"선장님! 보이시나요?"

살만 팀장은 긴장의 끈을 놓지 않은 채 외쳤다.

"잘 보고 있네. 살만 팀장. 끝까지 조심하기를 바라네."

"네."

오동추 대원이 흥이 난 양 씩씩하게 대답했다.

물체는 생각보다 훨씬 컸다. 잠수정과 거의 맞먹는 크기였다. 하는 수 없이 그 물체를 잠수정에 묶기 시작했다. 팀장은 로봇 팔을 이용해 추가로 가져온 흡착기 모두를 물체의 표면에 박았다. 오동추는 드론을 이용해 그물을 물체에 씌웠다. 이 모든 장면을 화면으로 지켜보던 선장은 긴장으로 입술이 바싹바싹 마르기 시작했다.

마침내 작업을 마친 잠수정은 위로 서서히 떠오르기 시작했다. 깊은 심해의 먹구름 속에 숨어 있던 미지의 유물을, 팀장은 잠수정 창을 통해 볼 수 있었다. 완벽한 원이었다. 표면은 매끈하고 광택은 전혀 없는 어둠이었다. 그리고 무척 무거워 보였다. 어찌 보면 폭탄 같기도 하고 옛 전설의 유물 같기도 하였다. 뚜렷한 형태와 무게감이 신비롭게 얽힌 존재는, 이 행성의 비밀과 환상을 감싸는 듯했다.

"도대체 저게 뭘까요?"

오동추 대원은 마치 그 물체를 만지고 있는 착각을 하는 듯 잠수정 창을 어루만지며 팀장에게 물었다.

"곧 밝혀지겠지. 그런데 저것을 우주선으로 가져가는 것은 너무 위험해보여."

"그럼 어디에 둘 생각인가요?"

"테라포밍 중앙 센터에 일단 보관해야 할 것 같아. 진짜 폭탄일 수도 있으니까."

그들은 그것을 건져낸 그들의 손에도 그 무거움이 전해져 오는 듯 엄숙하게 물체를 바라봤다.

그런데 잠수정이 5km쯤 올라왔을 때였다. 갑자기 엄청난 굉음이 울리며 잠수정이 크게 흔들렸다. 팀장과 오동추, 골렘 포는 사정없이 구석으로 내동댕이쳐지며 처박혔다. 잠수정 내 알람이 심하게 울렸다.

잠시 후 정신을 차린 팀장은 옆에 쓰러져 있는 오동추를 잡아 흔들었다. 그 사이 골렘포는 잠수정의 운전대를 잡으러 비틀거리며 나아갔다.

"오동추 대원! 오동추 대원! 정신 차려!"

이 광경을 모니터로 지켜보던 선장도 놀라움을 감추지 못했다.

"골렘 포! 무슨 일인가? 운전 가능한가?"

"네. 선장님. 운전은 가능합니다."

"무슨 일이 일어났나?"

"모르겠습니다. 아무래도 뭔가에 부딪힌 것 같습니다."

알람은 계속해서 요란하게 울렸다. 잠수정 안이 극도의 긴장한 분위기가 고조되었다. 겨우 눈을 뜬 오동추 대원은 어리둥절한 채 사방을 훑어봤다.

"괜찮나? 오동추 대원?"

"네. 저는 괜찮습니다만…. 무슨 일이 생긴 건가요?"

"지금부터 알아봐야지. 자네는 여기 잠시 누워 있게. 뭔 일인지 살펴보고 올 테니."

살만 팀장이 일어나 골렘 포에게 다가갔다. 그리고 본능적으로 잠수정 창을 쳐다봤다. 그는 그 순간 거의 기절할 뻔하였다.

기이하고 흉측한 것이 창을 들여다보고 있었다. 그들은 찌그러지고 비대칭적인 형태였다. 몸에는 어두운 색조가 배어 있고 녹슨 산화물이 표피를 덮고 있었다. 그들은 기이한 소리를 냈고 여러 마리였다. 가시 같은 톱니로 창을 뜯으려고 했다. 입에서는 거품이 올라왔다. 가늘고 길게 뻗어 나온 팔과 다리는 흉측한 피부에 갈라져서 골격이 앙상하게 드러나 있었다.

눈은 크고 붉고 투명하였으며, 광채를 발산했다. 입은 울퉁불퉁하게 길게 찢어져 뭔가가 흘러내리고, 귀는 흉측스럽게 컸다. 괴물은 거대한 몸체에 가시와 잔혹한 이빨이 얽혀 있는 끔찍한 모습이었다. 머리 위에는 거대한 유리 같은 뿔이 드물게 나 있었다.

그들은 잠수정에 아귀처럼 달라붙어 게걸스럽게 물어뜯으려고 하였다. 그 순간, 잠수정의 틈새로 물이 새어 나오기 시작했다. 괴생명체는 그들을 끝없는 어둠으로 끌어들이는 듯 끈질기게 공격하였다.

선장은 이 광경을 지켜보며 소름이 돋아 자기도 모르게 큰소리로 외쳤다.

"꿈에서 본 그놈들이다!"

6일

선장은 거의 자지 못했다. 오동추 대원이 심각한 상태였다. 괴생명체의 공격에서 벗어나기 위해 급격하게 잠수정을 부상하는 바람에, 탑승한 대원들은 모두 심각한 기압 질환(디코메션트 병)으로 폐에 공기 폭발 증후군과 폐쇄 현상이 발생하였다. 다행히 살만 팀장은 비교적 증상이 가벼웠다. 하지만 오동추 대원은 호흡을 거의 할 수 없을 정도로 폐가 망가졌다. 게다가 피부 대부분에 물집이 생겨 얼굴을 알아볼 수 없을 지경이 되었다.

선장은 헤르메스에게서 실시간으로 오동추 대원의 상태를 보고 받았다. 김재준 박사가 최선을 다하고 있지만, 그의 생존 가능성은 시간이 지날수록 점점 낮아졌다. 살만 팀장은, 의식은 회복하였지만 폐쇄 병동에 갇혔다. 그는 잠수정을 빠져나오기 직전, 괴물의 공격으로 허벅지에 깊은 상처를 남겼다.

상처 부위는 골렘 원의 집도 하에 봉합 수술을 하였으나, 무균실에서 독성 반응, 알레르기 반응, 세균 감염 여부, 정신적 영향 등을 판별하는 과정을 진행하고 있다. 문제는 왕복선에도 있었다. 원래대로라면 건져 올린 물체를 살균 처리한 다음 지상 중앙 센터에 보관하고 왕복선만 모선으로 돌아오는 거였다.

하지만 대원들의 상태가 너무 심각하여 잠수정과 물체를 싣고 곧바로 모선으로 돌아왔다. 골렘을 시켜 왕복선 격납고를 샅샅이 살균하였지만 건져 올린 물체에서 어떤 일이 벌어질지 모르는 상황이므로 신경이 곤두설 수밖에 없었다. 한 가지 다행스러운 것이라면 물체 표면의 방사능, 자외선, 적외선, 블루라이트, X선, 감마선 검사까지 모두 안전하다는 것이다. 다시 말해, 어떤 광선도 나오지 않았다.

선장의 눈가에는 깊은 주름이 생기고, 눈 밑에는 어두운 원형의 반달 모양의 그늘이 깊이 팼다. 그리고 눈꺼풀은 부푼 상태로 눈이 제대로 감기지도 않았다. 입술은 바싹 말라 텄고 푸르죽죽하였다.

'젠장, 이렇게 가다간 며칠 버티기도 힘들겠구먼….'

그는 피로와 무기력함으로 쇳덩이 같은 몸을 이끌고 빅토르 대원에게 갔다. 전날 촬영한 심해 영상은 헤르메스뿐만 아니라 빅토르, 안소진 대원에게도 이미 보낸 상태였다.

"좀 나온 게 있나?"

선장은 빅토르 책상 맞은편 의자에 털썩 주저앉으며 푸념하듯 물었다.

"우선 고 송도영 박사 영상에서 한 가지, 3차 탐사대에서 한 가지 이렇게 두 가지의 의심스러운 부분을 포착했습니다."

"뭔가?"

선장은 호기심을 느끼며 의자를 바싹 당겨 자세를 고쳐 잡았다.

"우선 송도영 박사의 실험을 옆에서 줄곧 돕던 골렘 쓰리가 영상에서 3분 정도 사라졌습니다."

"뭐, 다른 곳의 호출을 받거나 배터리 충전하러 간 것은 아니고?"

"네, 그런 것은 아니고…. 다른 영상을 조사하다 보니 골렘 쓰리가 생화학 저장고에서 나오는 것을 목격했습니다."

"그 시간에?"

선장은 깊게 숨을 들이마시며 의구심을 나타냈다.

"네. 정확히 일치하는 시간입니다."

"혹시 박사의 부탁을 받고 간 것은 아니고?"

"박사의 심부름하였다면 뭔가 주고받는 장면이 있어야 하는데 그런 것은 보이지 않습니다."

"그럼 골렘 쓰리가 저장고에서 무엇을 가져갔는지 물품 출입 대장을 살펴보면 되겠구먼."

"네, 그래서 살펴보았습니다만…. 그날 기록은 텅 비었습니다."

"삭제되었다고?"

"삭제되었거나 기록되지 않았거나 혹은 골렘 쓰리가 아무것도 가져가지 않았거나."

"뭐, 골렘 쓰리가 거기서 몰래 담배를 피웠을 리도 없고…. 생화학 저장고를 방문했다면 틀림없이 뭔가를 가져가거나 두고 갔을 텐데…. 그런 기록이 전혀 없다는 건가?"

"네. 전혀 없습니다."

두 사람은 한동안 생각에 잠겼다. 그러다 결국 선장이 고통스럽게 입을 뗐다.

"음…. 말이 안 되는 상황이군…. 물품 출입 대장을 조작할 수 있는 권한을 가진 이는 이 우주선에는 아무도 없네. 일종의 블랙박스 같은 거지. 누구도 접근할 수 없는…."

"그러니 이상할 수밖에 없습니다."

"음…. 알겠네…. 일단 골렘 쓰리를 불러 물어보는 것은 위험할 수도 있으니…. 좀 더 지켜보기로 하고…. 또 한 가지는 무엇인가?"

"네, 지난 3차 탐사대에 관한 자료를 조사하던 중 좀 의아한 부분을 발견했습니다."

"뭔가?"

선장은 얼굴을 좀 더 가까이 빅토르에게 들이밀었다.

"우주선의 무게입니다."

"무게?"

"네. 뭐, 잘 아시다시피 우주선 무게는 회사로서 매우 민감한 부분 아닙니까?"

"그렇지. 장거리 외계 탐사 우주선이 100그램만 더 나가도 연료 손실이 수 억에 이를 수 있지."

"그러니. 이거 한번 보십시오."

빅토르는 3D 영상으로 간단한 도표를 띄웠다.

"지난 1차 2차 3차 그리고 우리까지 총 4차에 걸친 우주선 무게 변동입니다."

눈앞에 펼쳐진 그래프에는 3차 탐사 우주선의 중량이 다른 우주선의 거의 1.5배 정도 더 나갔다.

"도대체 뭘 싣고 간 거지?"

선장은 빅토르를 바라보며 탄식 섞인 의문을 표했다.

"그런데 더 이상한 것은 돌아왔을 때의 우주선 무게입니다."

빅토르는 다른 그래프를 다시 띄웠다.

"이게 뭔가? 이게 사실인가?"

"네. 사실입니다. 하지만 우리에게 전혀 알려지지 않은 것들입니다."

그래프에는 3차 탐사 우주선의 무게가 돌아왔을 때 더 늘어나 있었다. 우주 식민지 개척 우주선으로서는 도저히 말이 안 되는 지표였다. 지구에서 가져간 장비 대부분을 식민지 행성에 두고 오므로 우주선이 돌아올 때는 거의 절반 정도로 가벼워져야만 했다. 게다가 연료와 물까지 거의 바닥이 난 상태이므로 이러한 수치는 도저히 이해되지 않는 거였다.

"도대체 저들이 뭘 가지고 가서 뭘 가지고 온 거지?"

두 사람은 서로의 얼굴을 쳐다보며 한동안 말을 잊었다.

"저들이 가져온 물품 명세서 같은 거는 있는가?"

빅토르는 고개를 설레설레 저었다.

"당연히 없겠지. 저들이 명세서에 남겼다면 당연히 모두에게 공개했겠지."

선장은 이마에 깊은 주름을 새기며 숙고에 잠기기 시작했다.

'도대체 회사가 뭘 숨기는 걸까?'

그때 김재준 박사의 비상 호출이 선장을 흔들었다.

"선장님! 오동추 대원이 위급합니다! 가능하면 빨리 오시기 바랍니다!"

김 박사의 긴박한 음성이 공간을 흔들었다.

선장이 병실에 도착했을 때는 이미 오동추 대원의 맥박은 정지한 상태였다. 김재준 박사는 절망적인 시선으로 오동추 대원을 바라보며 심폐소생술을 하느라 땀을 뻘뻘 흘리고 있었다. 선장은 박사를 쉬게 하고 자신이 직접 응급조치를 시행했다.

하지만 싸늘하게 늘어진 오동추 대원의 몸은 아무 반응도 하지 않았다. 그의 몸 전체를 덮고 있던 수포는 점점 더 커지더니 갈라져 진물이 흘러 내렸다. 그의 침대 바닥에는 물집에서 흘러내린 물이 흥건하였다.

마침내 탈진한 선장은 모든 동작을 멈추고 골렘 포의 부축을 받으며 의자에 앉았다. 그는 한없이 원망스러운 눈으로 멈추어 버린 맥박 모니터를 쳐다봤다.

'벌써 두 명이나 죽었어! 이제 겨우 6일밖에 안 되었는데….'

김재준 박사가 선장의 어깨를 토닥거리며 위로를 하였다.

"박사님! 수면제라도 한 알 주십시오. 이 상태로는 도저히 아무것도 못 하겠습니다."

박사는 선장의 얼굴을 찬찬히 훑었다. 그리고 나지막이 속삭였다.

"선장님. 얼굴이 너무 안 좋습니다. 어제 실시한 간이 검사에서도 몸의 면역기능이 많이 떨어진 것으로 나타났습니다. 우선 약한 신경안정제를 처방해드리겠습니다. 숙소에 돌아가셔서 잠시 안정을 취하는 게 좋겠습니다."

선장은 침대에 쓰러질 듯이 누웠다. 그리고 하얀 천장에 깨알같이 박힌 전구를 멍하니 쳐다봤다. 몸은 천근만근이었지만 머릿속은 혼란스럽기 짝이 없었다. 그는 작금의 벌어지는 광경에 실감이 나지 않았다.

송도영 박사는 살해되었고 오동추 대원은 괴물 습격으로 죽었다. 그리고 그 괴물을 꿈에서 먼저 봤다. 심해에는 알 수 없는 둥근 물체가 가득하다. 3차 탐사대는 여기서 무슨 일을 하였고 어떤 일이 발생했는가? 회사는 뭔가를 숨기고 있다. 왜 숨겨야만 하는가? 모든 게 의문투성이였다.

공포와 상실의 고통이 섞인 감정이 그를 사로잡았다. 모든 게 너무 흐릿해 선장은 그것의 윤곽도 잡을 수 없었다. 그는 심해의 심연 속으로 가라앉기 시작했다. 그리고 그의 눈앞에 아른거리는 물속의 괴생명체. 마치 영혼을 빨아들이는 듯한 큰 눈과 날카로운 이빨. 살아 숨 쉬는 악몽이 현실로 번진 느낌이었다. 선장은 괴물의 눈과 마주쳤다. 그 눈동자는 그의 영혼을 훔쳐 갈 듯이 강렬하였다. 그는 눈을 뗄 수 없었다. 두려움은 그의 모든 신경을 쥐어짜고 있지만, 그는 벗어날 수가 없었다.

고통과 절망의 경계에서 지옥 같은 현실과 꿈의 세계가 하나로 어우러져, 선장은 스스로가 미쳐가는 듯한 기분을 느끼며 무너져갔다. 그가 감당하기 어려운 현실. 그것들이 그의 내면에 거처한 것은 그의 정신을 적막하게 만들었다. 무자비한 우주는 그를 용납하지 않고, 알려지지 않은 세계는 그가 모르는 방식으로 그를 맞이했다.

하지만 그는 앞으로 나아가야 했다. 이 모든 의문과 수수께끼를 스스로 풀어야만 이 행성에서 떠날 수 있을 것이다. 그래서 그는 어떤 선택을 해야 할지, 어떤 방향으로 나아가야 할지 모르지만, 두려움이 그의 심장을 가두고 있지만, 자신의 직감과 지식으로 최선의 길을 찾아야겠다고 다짐했다.

그는 벌떡 일어났다. 그리고 안소진 대원을 호출했다.

"선장님과 저에게는 보이지 않는 끈이 있습니다."

안소진은 해맑은 웃음을 천장으로 날리며 자신이 보고 있던 모니터 화면으로 다시 고개를 돌렸다.

"그게 무슨 말인가?"

선장은 사랑스러운 눈길로 안소진을 바라봤다.

"선장님이 조금 전에 끈을 당겼습니다. 왜냐하면 제가 먼저 당졌거든요. 빨리 오시라고요."

"아하! 뭔가 발견한 건가?"

모처럼 만에 선장은 옅은 미소를 지으며 그녀에게 바싹 다가갔다.

"네, 심해에 사는 괴물요."

"그건 이미 영상에 나오잖아?"

"아뇨. 그전에 주신 영상요. 첫 번째 탐험 때 촬영한 것. 온통 암흑뿐인 그 영상 말하는 겁니다. 선장님."

"거기에 그 괴생명체가 촬영되었다는 말인가?"

선장은 눈을 동그랗게 뜨고 그녀를 감탄의 시선으로 쳐다봤다.

"네. 이거 보세요."

안소진은 모니터를 선장에게로 방향을 틀었다. 영상 속 모습은 여전히 암흑천지의 물속 모습이었다. 선장은 영상에 최대한 가까이 시선을 마주하고 뚫어져라 쳐다봤다. 하지만 아무것도 발견할 수가 없었다.

"아무것도 안 보이는데?"

"좀 더 유심히 관찰하세요. 선장님. 주의력과 인내심이 필요합니다."

선장은 최대한 집중해서 영상 속 구석구석을 쳐다보며 모니터 전체를 헤매기 시작했다. 하지만 그의 눈에는 그저 지루한 암흑뿐이었다. 그는 꾹 참고 버티면서 계속 지켜보았지만 10분도 안 되어 인내의 바닥을 보였다.

"이거 진짜 이 속에 뭐가 있기는 있는 거야?"

"하는 수 없군요. 선장님 나이면 충분히 발생하는 노안 때문입니다. 다시 말해, 눈 조직의 유연성과 조절 능력이 감소하여 생기는 현상으로 물체의 흐림, 시력 저하, 눈부심과 반사에 취약하고 초점 맞추기가 힘들어집니다."

"알겠네. 알겠어. 그러니까 자네는 보이는데 나는 못 본다는 거 아닌가?"

"선장님이 볼 수 있도록 영상의 특정 부분을 확대하겠습니다."

안소진 대원은 익숙한 솜씨로 영상을 멈추고 지정한 부분을 줌으로 확대한 뒤 선장에게 내밀었다. 그러자 뭔가가 나타났다. 확신할 수는 없지만 그건 눈이었다. 화면 속에는 괴물의 반짝이는 눈이 선장을 응시하고 있었다.

"눈!"

선장은 자신도 모르게 뒤로 물러나며 외쳤다.

"네, 괴생명체의 눈입니다. 선장님."

안소진은 다시 영상의 다른 부분을 확대해서 선장에게 보여줬다.

"이번에도 눈."

"네, 선장님. 잠수정이 심해 5킬로 이하로 내려갈 때부터 줄곧 수십 마리의 괴생명체가 지켜보고 있었습니다."

"줄곧?"

"네. 줄곧."

"그런데 왜 그때는 저들이 우리를 공격하지 않았지?"

"그건 우리가 아무것도 훔치지 않았으니까요."

"그럼?"

선장은 놀라움으로 가득한 시선을 그녀에게 고정했다.

"네. 그 물체를 우리가 건져내는 순간부터 저 괴생명체는 달려든 겁니다."

"그럼 뭔가? 저들은 그 물체를 지키는 수호자라는 건가?"

"그건 확실하지 않습니다. 하지만 한 가지 분명한 사실은 있습니다."

"그게 뭔가?"

안소진은 모니터에 사진 한 장을 띄웠다. 그건 바로, 건져 올린 물체의 사진이었다. 그녀는 사진의 특정 부분을 확대하면서 선장에게 보였다. 매끄럽고 둥근 물체의 중앙에 역시 둥근 테두리가 나타났다. 그리고 그 속에는 알 수 없는 문자들이 빼곡히 박혀 있었다. 마치 파이스 토스 원반 같았다.

"글자가 보이시나요?"

"여기도 알 수 없는 이상한 글자들이 가득하구먼."

선장은 사진을 좀 더 가까이 들여다보며 중얼거렸다.

"그 글자, 친근하지는 않나요? 선장님."

"친근하다고? 그럴 리가? 이상하기 짝이 없는 글자들인데…."

선장은 사진을 이리저리 돌리며 도대체가 알 수 없는 표정을 지었다.

그러다 어느 한순간, 선장은 후두부를 세게 내리치는 충격을 느꼈다.

"이건 바로!"

"네. 선장님. 맞습니다. 선장님이 제게 선물로 주신 그 고대어와 정확히 같은 형태의 글자입니다."

"그럼?"

"네. 회사는 이미 이 물체의 존재를 적어도 알고 있습니다. 혹은 이미 확보하고 있을 수도 있습니다."

안소진은 변함없는 표정으로 나지막이 그녀의 의견을 피력했다.

"그런데 왜 우리에게는 비밀로 한 거지? 왜 우리에게 이 중요한 사실을 알리지 않은 거지?"

"거기에 대하여 저는 한 가지 가설을 염두에 두고 있습니다. 선장님."

안소진의 무표정이 한순간 반짝이며 만족스러운 모습으로 바뀌었다 사라졌다.

"가설이라고?"

"네, 어느 것도 증빙할 수는 없지만, 합리적 의심을 할 만한 것들입니다."

"그래? 어디 한번 말해보게."

"우선 진행하기에 앞서 우리가 발견한 이 물체가 이미 238년 전 지구에서도 발견되었다는 것을 말씀드리고 싶습니다."

"이미 지구에서도?"

선장은 놀란 입을 다물 수가 없었다.

"네. 2023년 지구에서 가장 깊은 챌린저 해연 10,929미터에서 유사한 구형 검은 물체를 건져 올렸다는 기록이 있습니다."

"그런데 그게 왜 세상에 알려지지 않았나?"

"일급비밀이었습니다. 그때 당시 UAP(Unidentified Aerial Phenomenon : 미확인 공중현상) 및 USO(Unidentified Submerged Object : 미확인 수중물체)는 정부 차원에서 철저히 비밀에 부쳐졌습니다."

"그럼 그 물체는 지금 어디에 보관되어 있는가?"

"모릅니다. 아무런 기록이 남아 있지 않습니다. 단 여기 봉인 해제된 극비문서에 의하면, 그 물체는 너무도 단단해서 결코 열 수도 깰 수도 없었다고만 적혀 있습니다."

"그 물체가 우리가 발견한 이것과 같은 것이라는 것은 어떻게 알 수 있나?"

두 사람의 모습은, 호기심 가득한 학생이 끝없이 쏟아내는 질문에 행복한 미소를 지으며 꼬박꼬박 정답을 알려주는 선생처럼 보였다.

"같은 문자가 적혀 있습니다."

"똑같단 말이지?"

"똑같지는 않습니다. 하지만 같은 문자로 기록되어 있습니다."

"그래서 자네의 가설은 무엇인가?"

"가설은 이러합니다. 회사는 지금 이 물체의 정체를 알지 못하므로 무척 당황하고 있습니다. 이번 이 행성 식민지 개척사업에 끌어들인 민간 자본이 444조 원입니다. 회사는 머지않아 이 행성에서 풍족한 이주민의 삶을 누릴 수 있다고 자신만만하게 광고하고 다녔습니다. 게다가 지구는 지금 망가질 대로 망가졌습니다. 이 프로젝트에 투자한 사람들은 하루라도 빨리 이곳으로 오고 싶어 합니다. 그런데 이 행성의 심해 바닥에 인간이 결코 만들 수 없는, 알 수 없는 물체가 가득합니다. 어느 누가 이곳에 살려고 오겠습니까? 다시 말해 회사는 이 물체의 정체를 밝혀낼 때까지 극단적인 비밀을 유지할 것입니다. 하지만 이런 속사정을 모르는 투자자들은 하루라도 빨리 탐험대를 보내 프로젝트를 완성하라고 재촉합니다."

"결국 우리는 아무 목적이 없는 그저 형식적인 요식 탐험대라는 거구만?"

"네. 그러니 최소한의 인원과 장비만 실은 겁니다."

"설령 우리가 잘못되면 더 좋은 거고…. 왜냐하면 회사 차원에서는 시간을 벌 명분이 생기니까…."

"그런 셈이죠."

선장은 눈앞이 캄캄해졌다. 회사에서 눈밖에 난 자신을 선장으로 앉힐 때부터 뭔가가 이상하다고 그는 느꼈다. 결국 이런 거였다. 토사구팽. 버릴 카드. 잠깐만 생각해봐도 아귀가 딱딱 맞아떨어졌다. 선장의 내부를 항상 불안으로 채우던 그것이 조금씩 조금씩 선명하고 투명하게 나타났다. 회사는 투자자들의 눈을 가리기 위해 엉터리 탐사대를 보낸 것이다.

"그런데 저 물체에 적힌 문자의 뜻은 해독이 가능한 건가?"

"200년 이상 저 문자의 해독을 위해 수많은 언어학자가 달려들었습니다. 하지만 여전히 수수께끼에 쌓여 있습니다. 하지만 저는 가능하다고 봅니다."

"어떻게 가능하다는 건가?"

선장이 황급히 물었다.

"이미 저는 같은 유형의 글자 뭉치 3개를 확보했습니다. 200년 전 지구의 것, 선장님이 주신 것, 그리고 이번에 건져 올린 물체의 것. 이 3개에는 같은 문장과 다른 문장이 각각 존재합니다. 그것을 유추 해석해보면 뜻을 집을 수 있는 실마리가 나올 것입니다."

"그 말은 샘플이 많으면 많을수록 해석이 더 정확해진다는 건가?"

"네, 그렇습니다. 가능한가요?"

"어쩌면 좀 더 많은 샘플을 구할 수도 있을 것 같네."

선장은 회심의 미소를 띠며, 즉석에서 빅토르에게 메시지를 날렸다.

"빅토르. 3차 탐험대 관련 정보에서 고대어로 된 문서를 집중적으로 찾아주게."

7일

선장은 악몽의 바다에 빠져들었다. 그는 심해에 갇힌 채 어둠과 불안으로 어지러운 꿈속에서 헤매고 다녔다. 그의 주변에는 붉고 큰 눈들이 떠다녔다. 그들은 선장을 바라보지만 달려들지는 않았다. 마치 동족인 것처럼 혹은 친구처럼 대했다.

그들은 둥근 물체를 감싸며 표면에 자라는 이끼를 갉아 먹었다. 그러던 어느 순간 높은 곳에서 한 줄기 빛이 서서히 내려왔다. 그 빛줄기 속으로 그의 단단히 봉인된 기억들이 허물 거리며 녹아내려 거품으로 변하더니 천천히 물 위로 솟았다.

거리는 황폐하고 지저분하며, 집들은 낡고 붕괴하였다. 놀이터는 어린이들의 웃음소리가 들리지 않는 채 쓸쓸하게 비어 있었고, 교회의 종소리마저 사라졌다. 주변에는 불법 마약 거래로 인한 갈등과 폭력이 끊이지 않았다.

한때는 인간의 따뜻한 연대와 희망이 넘쳤던 곳이지만, 이제는 마치 저주받은 대지처럼 더 이상 돌아볼 수 없는 곳이 되어버렸다. 마을의 거리는 희망 없는 존재처럼 쓸쓸하고, 빛을 잃어버린 잔혹한 현실을 담고 있었다.

그의 성장기는 어둠과 비극으로 둘러싸인 비참함이었다. 마약쟁이 부모와 갱스터 형들이 그의 주변인이었다. 무엇이 옳은지 그른지조차 가려진 현실에서 살아야만 했다. 폭행이 일상사인 집안에서 벗어나기 위해 그는, 그림자처럼 도시를 배회하고 범죄와 탐욕에 끌려다녔다. 매일 무서운 악몽을 꾸는 것처럼 두려움과 불안함을 채웠다. 화를 주체하지 못하고 99 매그넘을 걸핏하면 사방에 갈겼다. 그의 나이 겨우 13살 때였다. 그는 무자비한 법칙으로 규정된 어둠 속 심해에 언제나 끼어 있었다. 그는 그 검은 그림자들을 따라가며 갈수록 피폐해지고, 결국은 현실과 환각의 경계를 넘나들며 더욱 괴물 같은 모습으로 변해갔다.

"선장님! 살만 칸 팀장님이 사라졌습니다!"

헤르메스의 높은 전자음이 방안에 울렸다. 뒤이어 골렘 쓰리가 방으로 뛰어 들어왔다. 선장은 눈을 번쩍 떴다. 하지만 온몸이 땀으로 젖어 있었다. 마치 심해에서 막 올라온 사람처럼 보였다.

"팀장은 회복실에 있다고 하지 않았나?"

선장은 골렘 쓰리를 보며 다그치듯 물었다.

"죄송합니다. 선장님. 제가 잠시 배터리 충전으로 자리를 비운 사이에 그만…."

"행방불명된 지 몇 시간이 지났나?"

"4시간입니다."

"어디까지 찾아보았나?"

선장은 땀에 젖은 얼굴을 손으로 쓱 문지르며 골렘 쓰리를 계속 다그쳤다.

"주거 모듈, 실험실 모듈, 컨트롤 센터, 에어락(Airlock), 우주선 도킹 포트, 우주산책 지원 시설, 엔진 모듈, 승강기, 생활 지원 시설, 통신 시설 등은 이미 우리 골렘 패밀리들이 샅샅이 뒤지고 있습니다."

"그럼 창고와 격납고만 남은 건가?"

"네. 선장님."

"알겠네. 김재준 박사는 뭐 하고 있는가?"

"골렘원과 같이 수색하고 있습니다."

"알았네. 그럼 나는 격납고와 창고로 가겠네."

선장은 서둘러 옷을 갈아입고 방을 나섰다. 그리고 헤르메스에게 명령했다.

"헤르메스! 약간이라도 이상한 점이 발견되면 내게 실시간으로 보고하도록!"

"네. 선장님."

"그리고 지금부터 모든 대원의 신상 변동에 대해서도 실시간으로 알려주게. 내가 자든 말든 상관없이."

"네. 그러겠습니다. 선장님."

선장은 터져 나오는 욕지거리를 참으며, 최대한 빠른 걸음으로 나아갔다.

✶

왕복선이 있는 격납고에 도착한 선장은 문을 열려고 하였으나 작동하지 않았다.

"헤르메스! 격납고는 아직도 폐쇄상태인가?"

"네. 살만 팀장이 회복실에서 이상증상을 보이면서 다시 폐쇄하였습니다."

"이상증상? 어떤 건가?"

"팀장님이 갈증을 심하게 느꼈습니다."

"그거야 잠수정에서 빠져나올 때 바닷물을 많이 마신 것 때문이지 않을까?"

"그 이상으로 매우 심하게 물을 마셨습니다. 팀장님의 배가 부풀어 올라 만지면 터질 지경까지."

"그리고 그외 다른 증상은 없었는가?"

"계속해서 물을 찾았습니다."

"물을 찾았다고?"

"네. 회복실 바닥에 물이 흥건할 때까지."

그 순간, 선장은 뭔가 집히는 데가 있었다.

"헤르메스! 우리 우주선 물탱크가 어디에 위치해 있지?"

"창고 옆 13섹터에 4개의 물탱크가 있습니다만…."

"알았네. 나는 그곳부터 우선 뒤지겠네. 혹시 물탱크에 이상이 있으면 보고하게!"

"네."

선장은 다시 물탱크로 향해 전속력으로 달렸다.

선장은 우주선 내 물탱크를 처음 보았다. 사실 물탱크는 오염에 민감한 시설이다 보니 로봇들만 출입하는 공간이었다. 그는 어릴 적 학교에서 봤던 큰 원통형 탱크를 상상했었는데 막상 와서 보니 매우 복잡한 시설이 얽히고설켜 탱크 가까이 접근하기도 쉽지 않았다. 가뜩이나 악몽으로 시달린 무거운 몸을 이끌고 선장은 끙끙거리며 겨우겨우 탱크 가까이 접근했다.

'젠장! 도대체 살만 팀장에게 무슨 일이 일어나고 있는 거지?'

선장이 1번 물탱크 벽에 난 계단을 붙잡고 막 올라가려고 하는 찰나 헤르메스에게서 신호가 왔다.

"선장님! 3번 물탱크가 오염되었다는 신호가 떴습니다."

"3번이라고?"

"네. 3번 물탱크입니다."

선장은 서둘러 3번 물탱크로 방향을 틀었다. 그런데 가까이 가다 보니 바닥이 유난히 미끈거렸다.

'이게 뭐지?'

선장은 발길을 멈추고 손가락으로 바닥을 한 번 쓱 훔쳤다. 그러자 투명한 젤 같은 성분이 그의 손에서 흘러내렸다.

그는 천천히 그 자리에서 앉은 자세로 해서 바닥을 유심히 살폈다. 발자국이었다. 투명한 젤로 된 발자국이 하나둘 계속해서

3번 물탱크까지 이어졌다.

"헤르메스! 뭔가 찾은 것 같아! 가용한 골렘 패밀리는 모두 3번 물탱크로 오기 바란다."

"네. 선장님. 골렘 포와 식스가 그곳으로 출발합니다."

선장은 한 발짝 한 발짝 조심스레 발을 디디며 3번 물탱크로 나아갔다. 그 사이 골렘 포와 골렘 식스가 도착하여 그들의 이마에 박힌 조명등을 환하게 밝혔다.

"바닥을 조심해! 매우 미끄러우니까!"

"네. 선장님."

하지만 조심해야 할 사람은 선장뿐이었다. 골렘들은 인조인간답게 뛰어난 시각과 정확한 발동작으로 빠르게 앞으로 나아가, 곧 선장을 앞질렀다. 그들을 보며 선장은 부러움을 느꼈다.

'젠장, 인간이란 늙으니 서러운 것밖에 없구먼.'

선장이 3번 물탱크에 도착했을 때는 이미 골렘들은 물탱크 측면에 난 계단을 타고 오르고 있었다. 선장은 그들이 물탱크 꼭대기에 오를 때까지 고개를 들어 지켜봤다. 그리고 계단에 묻은 점액질을 다시 한 번 확인했다.

"뭔가 보이나?"

골렘들이 탱크의 탑에 난 구멍으로 위태롭게 고개를 들이밀자 선장이 밑에서 큰소리로 외쳤다. 골렘들은 한동안 탱크 속을 이리저리 뒤지더니 이윽고 골렘 식스가 고개를 내밀고 선장을 향해 외쳤다.

"뭔가 있기는 있습니다만 물속이라 정확히 구분되지 않습니다. 아무래도 물속으로 들어가 봐야 할 것 같습니다. 선장님."

"조심해서 들어가게."

골렘 식스가 천천히 물속으로 몸을 담갔다. 골렘 포는 위에서 골렘 식스 주변으로 계속해서 조명을 비추었다. 그는 탱크 내벽에 난 안전망 계단으로 차분히 내려갔다. 얼마 뒤, 골렘 식스가 완전히 물속으로 사라졌다. 잠시 정적이 흘렀다. 그동안 선장은 궁금함을 참지 못하고 탱크 계단을 오르기 시작했다.

그가 탱크의 중간 정도 올라갔을 때, 갑자기 물탱크에서 묵직한 소리가 울려 퍼졌다. 그리고 잠시 흔들리는가 싶더니 어느새 탱크 탑의 좁은 구멍으로 물이 폭포수처럼 허공으로 치솟았다 사방으로 흩어졌다. 골렘 포는 순간적으로 솟아오르는 물살에 휩쓸려 몸을 비틀거리며 저항하더니 어느새 탱크 난간으로 밀려가 바닥으로 속절없이 떨어졌다.

선장도 물벼락을 맞았다. 그는 떨어지지 않으려고 계단 손잡이를 죽을힘을 다해 꽉 쥐었다. 가뜩이나 점액질이 묻어 미끄러운 계단에서 물 폭탄까지 뒤집어쓰고 보니 선장은 이러지도 저러지도 못하고 매달린 꼴이 되었다.

바닥에 떨어진 골렘 포는 뭔가 잘못되었는지 매끄럽지 못한 동작을 하며 버둥거렸다.

"골렘 포! 괜찮은가?"

선장은 아래를 보며 외쳤다. 하지만 골렘 포의 답변을 기다릴 새도 없이 다시 탱크가 요동쳤다. 이번에는 누군가가 탱크 벽을 쇠망치로 두드리는 듯한 소리가 들렸다. 실제로 탱크 벽면 여러 곳이 눈에 띄게 부풀어 올랐다.

'도대체 탱크 안에서 무슨 일이 벌어지고 있는 거야?'

곧이어 탱크 내 물이 다시 한 번 뿜어져 나와 흘러내렸다. 물은 선장의 얼굴을 사정없이 갈겼다. 마치 폭포수 밑에 서 있는 꼴이었다. 선장은 계단 손잡이를 잡은 팔이 엄청난 물의 무게로 끊어지는 듯한 통증을 느꼈다. 하지만 난간을 잡은 손을 놓지는 않았다.

'그래! 어디 한번 끝까지 해보자! 누가 이기나!'

그는 이를 악물고 끝까지 버텼다. 선장이 고군분투하는 사이 골렘 포가 다시 계단을 타고 선장 곁으로 왔다.

"골렘 포! 몸은 괜찮은가?"

"네, 선장님. 자가 진단을 한 결과 구조적, 기능적, 관절 및 운동 기능적, 에너지 공급 면에서는 모두 정상입니다. 다만 감각 손상이 의심됩니다. 하지만 임무 수행에는 차질이 없을 것으로 판단했습니다."

"다행이구먼."

골렘 포는 마치 자신의 건재함을 증명이라도 하듯이, 선장의 허리를 한 손으로 감싸 쥐고는 계단을 쑥쑥 올라 탱크 꼭대기로 올라갔다. 하지만 그들이 도착하자마자 그들의 눈앞에 펼쳐진 장면은 끔찍하였다.

몸의 절반이 잘린 골렘 식스가 탱크 탑에 드러누워 두 손을 부르르 떨고 있었다. 그리고 부서진 부품 조각들이 주변에 뒹굴었다. 몸통에도 긁힌 자국들이 선명했다. 그의 입에서는 녹색 오일이 흘러 내렸다. 손가락 사이에서는 작은 스파크가 튀었다.

골렘 식스는 팔을 힘겹게 들어 올리며 뭐라고 말하려고 하였다. 하지만 무슨 말인지는 알아들을 수 없을 정도로 약했다. 강렬한 빛을 내뿜던 눈은 이제 고정된 채, 눈꺼풀이 차츰차츰 감기고 있었다. 선장은 경악하지 않을 수 없었다.

'도대체 저 탱크 안에 뭐가 있는 거야? 저게 살만 팀장이 맞기는 한 건가?'

골렘 포는 죽어가는 골렘 식스를 끌어안고 마치 사람처럼 꺼억 꺽 거리며 슬픔을 표했다. 그런 골렘 포를 선장은 다독이며 위로를 건넸다.

"너무 심려치 말게. 골렘 포. 절대로 골렘 식스를 폐기하지 않겠네. 귀환하는 즉시 내가 책임지고 살려놓겠네."

선장의 말이 위로되었는지 골렘 포는 단호한 표정을 지으며 말했다.

"선장님. 제가 내려가서 저 괴물을 죽이고 오겠습니다."

하지만 선장이 말렸다.

"그건 안 되네. 자네까지 잃을 수는 없네. 내게 더 좋은 방법이 있으니 너는 내가 시킨 대로만 하게."

"어떤 방법입니까? 선장님."

"고사(枯死) 작전이지. 저 괴물은 물 없이는 살 수 없어. 그러니 우선 자네는 탱크의 문을 닫고 문 주변을 용접하기를 바라네."

선장은 헤르메스를 호출했다.

"헤르메스! 탱크 문 용접이 끝나는 대로 3호 탱크의 물을 모두 우주로 방출하게! 그리고 저 괴물이 나머지 탱크로 접근 못 하도록 차단벽을 치도록!"

"네. 선장님. 분부대로 실행하겠습니다."

"그리고 우주선 내 모든 곳에 살균 및 소독을 시행하도록!"

"네. 그러겠습니다. 그리고 살만 칸 팀장의 수색 작업은 어떻게 할까요?"

"일단 종료하게. 모든 게 안정되면 재개하겠네."

선장이 자신의 사무실로 돌아왔을 때 빅토르 대원이 그를 기다리고 있었다.

"뭐라도 건진 건가?"

"네. 우선 요청하신 고대어 문서는 13개를 더 발견했습니다."

"13개가 더 있었다?"

"네. 그리고 이미 안소진 대원에게 전달했습니다."

"잘했네. 그러니까 3차 탐험대가 지구로 귀환할 때, 이곳에서 우리가 심해에서 건져 올린 저 물체와 같은 것을 13개 싣고 갔다는 뜻이 되겠구먼."

"네. 저도 그렇게 짐작합니다. 그러니 우주선 무게가 더 나갈 수밖에 없었던 겁니다."

"여기로 올 때도 우주선이 무거웠던 이유는…."

"잠수정일 겁니다. 틀림없이 여러 대의 최첨단 잠수정을 싣고 왔을 겁니다. 특수 포획 장비도 포함해서 말입니다."

"그럼, 짐작건대, 저 물체를 건져 올리는 과정에서 심해 괴생명체와의 충돌은 피할 수 없었을 것 같은데…."

"네, 그러니 대원들의 스트레스가 엄청났을 거고 모든 대원이 귀환하자마자 장기 휴직 혹은 요양원으로 간 것도 이해가 됩니다. 선장님."

선장은 이제야 흐릿한 장막 속에 감춰져 있던 실체가 조금씩 모습을 갖추어간다고 느끼기 시작했다.

"그런데 선장님, 송도영 박사와 관련한 아주 기이한 사실을 발견했습니다."

"그게 뭔가?"

"3차 탐험대 대원들의 귀환 직후 실시한 정밀 신체검사 담당 의사 중에 송도영 박사가 포함되어 있었습니다."

"송 박사가? 그녀는 의사가 아니잖아? 미생물 전문가인데?"

"그러니 이상한 겁니다."

"그리고 그게 사실이라면 왜 우리에게 알리지 않은 거지?"

"회사가 숨긴 것은 이해가 되지만 송도영 박사도 이 사실을 함구하고 있었다는 게 당최 납득이 가지 않습니다."

"그럼, 자네가 보기에도 송 박사의 죽음과 관련이 있을 수 있다는 거지?"

"네, 회사가 송 박사를 죽여가면서까지 감추고 싶었던 뭔가가 있었던 것 같습니다."

"그런데 왜 송 박사는 우리에게 이 사실을 감추었을까? 자신이 살해당할 수도 있다는 것을 몰랐나?"

"추측건대 송 박사가 우리 탐사대에 동참한 이유가 그 속에 있는 것 같습니다."

"그럴 가능성이 있겠군."

선장은 고개를 끄덕거리며 빅토르의 생각에 동조를 표했다.

"그럼 빅토르, 이번에는 송 박사의 자료를 뒤져 봐 주겠나?"

"네. 그러겠습니다."

빅토르가 돌아가고 난 뒤 선장은 안소진 대원에게로 향했다.

"역시 변함없이 보이지 않는 끈을 당겼군요. 선장님."

안소진은 보일락말락 한 옅은 미소를 잠깐 지으며 선장을 스치듯 쳐다봤다.

"그런가? 이번에도 자네가 먼저 당겼는가?"

"네. 정확합니다. 선장님."

"그럼, 그 이상한 언어에서 뭔가를 알아냈다는 뜻이군? 안 그런가?"

"네. 빅토르 대원의 도움으로 겨우 네 글자를 파악했습니다."

"그게 뭔가?"

"매우 위험."

"매우 위험?"

"네. 매우 위험입니다. 제가 확보한 모든 문서에 똑같은 글자가 적혀 있습니다. 심지어 지구에서 발견한 그 물체에도 이 글자는 같습니다. 매우 위험입니다."

"다시 말해, 그 말은 저 물체가 매우 위험하다는 뜻이겠구먼."

"당연합니다. 저 물체는 절대로 지구로 가져가서는 안 됩니다. 선장님. 그리고 여기 이 행성에 인간이 살아도 절대 안 됩니다."

"이런 젠장! 이미 13개나 가져갔는걸."

"네? 그럼 제가 빅토르 대원에게서 받은 문서의 해당 물체들은 이미 지구에 있다는 건가요?"

안소진 대원의 시선이 마침내 선장과 마주쳤다. 한동안 그들은 서로를 쳐다봤다.

8일

선장은 골렘 파이브가 흔드는 바람에 눈을 떴다. 새벽 4시 44분이었다.

"무슨 일인가?"

"김재준 박사님의 상태가 안 좋습니다."

선장은 그 순간, 절망을 느꼈다. 우려하던 것이 닥친 것이었다.

"어떻게 안 좋은가?"

"살만 팀장과 유사한 증상입니다. 밤새도록 물만 찾았습니다."

"그럼 감염이라도 된 건가?"

"그렇게 추측하고 있습니다."

"누가 돌보고 있나?"

"골렘 투입니다."

"헤르메스! 김재준 박사가 물탱크로 접근하지 못하도록 그를 가둘 수 있겠나?"

"이미 김 박사님은 숙소에 갇힌 상태입니다. 숙소에 연결된 모든 통로를 차단했습니다."

"지금 김 박사의 상태를 화면으로 확인할 수 있는가?"

"김 박사님은 현재 욕조에 들어가 있는 것으로 추정합니다. 왜냐하면 박사님이 화면에 잡히지 않고 있습니다. 대원 숙소 중 카메라가 설치되지 않은 곳은 화장실뿐이니까요."

"알겠네. 일단 물을 끊어야 해! 박사의 숙소와 연결된 정수관은 모두 잠그기를 바란다. 음…. 그리고 다시 한 번 우주선 모든 곳에 소독을 부탁하네."

"네. 그러겠습니다."

"아, 또 하나! 김 박사의 감염 경로를 추적하기를 바라네."

"네. 알겠습니다."

선장은 급하게 깨어나 몽롱한 상태였으나 공포가 한바탕 그의 전신을 후벼파고 있었다.

'도대체 어떤 바이러스인 거지?'

일주일 새 송도영 박사, 오동추 대원, 살만 팀장 그리고 김재준 박사까지 당한 현실을 책임자로서 감당하기가 힘들었다. 이제 나머지 대원은 빅토르와 안소진뿐이었다. 그들의 운명도 이미 선장의 통제를 벗어난 것처럼 느껴져 선장은 괴로웠다.

"골렘 파이브. 진통제 한 알만 주게."

"선장님은 몸 상태가 매우 불안정합니다. 심한 수면 장애, 면역기능 저하, 소화 불량, 두통과 심박수 증가 등 이런 상태에서 진통제는 독약이나 다름없습니다. 추천하지 않습니다."

"골렘 파이브! 제발! 그거라도 없으면 오늘 하루 버티기도 힘들단 말이야! 알겠어!"

선장은 애꿎은 골렘 파이브에게 버럭 화를 냈다.

"지금 어떤 상황인지 모르겠어? 응? 죽음의 기운이 선내에 꽉 찼단 말이야! 그까짓 내 몸 상태가 뭐가 중요하단 말이야?"

선장의 고함에 뒤로 물러난 골렘 파이브는 서둘러 약병을 선반에 두고는 황급히 물러났다. 물 없이 알약 여러 개를 목구멍으로 꿀꺽 삼킨 선장은 몸이 얼음처럼 굳어지는 것처럼 뻣뻣한 상태로 침대에 털썩 드러누웠다. 몽롱한 기억의 조각들이 머릿속을 어지럽게 맴돌았다.

'도대체 무슨 일이 일어나고 있는 거야?'

그는 심연의 바다 속으로 끝없이 끌려가고 있었다. 그의 눈앞에 끝없이 펼쳐진 둥글고 검은 물체들. 그 위를 평화롭게 유영하는 무수한 괴생명체들. 그는 그들의 안내를 받으며 흐물거리듯이 헤엄치고 있었다. 선장의 팔과 다리가 서서히 가늘어지고 길게 자랐다. 그리고 귀가 점점 커지더니 축 늘어졌다. 피부도 점점 검게 변했다. 몸은 찌그러지고 비대칭적인 형태로 바뀌었다. 갈라진 곳으로 뼈가 앙상하게 나오기 시작했다. 머리에서는 투명한 뿔이 자라났다.

몸에는 어두운 물감이 배어 있고 녹슨 산화물이 표피를 거칠게 덮기 시작했다. 괴물들이 그에게 다가와 속삭였다. 날카로운 톱니가 번쩍였다. 그들의 목소리는 기괴한 울음소리였다. 노란 거품이 품어져 나왔다. 길게 찢어진 입에서 투명한 진물도 흐물거리며 나와 물속에 둥둥 떠다녔다. 괴물이 그를 알아보고 그의 주위로 차츰 몰려들었다. 붉고 투명하고 큰 눈이 광채를 밝히며 선장을 반겼다. 그리고 그때 그들의 시선이 모두 위로 향했다. 선장도 위를 쳐다봤다.

무엇인가가 내려오고 있었다. 크고 작은 조각들이었다. 자세히 보니 우주선 부품들이었다. 모두 갈라지고 깨진 조각들이었다. 뒤이어 인간들의 시체가 내려오기 시작했다. 그러자 괴물들이 달려들어 게걸스럽게 살점을 뜯어 먹기 시작했다.

"괜찮으세요? 선장님."

선장은 눈을 번쩍 떴다. 빅토르였다. 선장의 얼굴이 땀에 흠뻑 젖어 있었다.

"무슨 안 좋은 꿈이라도?"

"지금 상황에 좋은 꿈을 꿀 수는 없겠지."

"네, 저도 방금 들었습니다. 김재준 박사님에 대해서…."

두 사람은 불안한 눈빛을 교환했다.

"자네도 조심하게. 아무래도 우주선 전체가 오염된 것 같아."

"네. 선장님도 조심하십시오."

"그래, 송도영 박사에 대하여 뭔가 나온 게 있는가?"

"매우 안 좋은 소식입니다. 선장님."

"뭔가? 안 좋다는 게?"

"네. 송 박사는 3차 탐사대에서 돌아온 대원들을 만난 것이 아닙니다."

"그럼?"

"3차 탐사대에서 죽어 돌아온 시체들을 조사했습니다."

"모두 몇 구를 조사했는가?"

"열세 구입니다."

"열세 구라고? 그럴 리가? 3차 탐사대 탑승 대원 전체가 열세 명이잖아?"

"네. 모두 죽어 돌아왔습니다."

"그러면 귀환 대원들이 장기 휴가나 요양원으로 갔다는 것은 무슨 말인가?"

"모두 거짓이었습니다. 그들이 갔다는 요양원은 이미 10년 전에 폐쇄된 곳이었습니다. 그리고 이 사진들을 보십시오."

빅토르는 선장에게 휴대용 패드를 꺼내 내밀었다. 선장은 급히 화면 속 사진들을 하나씩 쳐다보며 넘겼다.

사진 속에는 밀폐된 투명 관들이 일렬로 쭉 늘어서 있었다. 그리고 그 관들 하나하나의 사진에는 흉측한 모습의 괴물들이 눈을 뜬 채 죽어 있었다. 크고 투명하고 붉은 눈.

"그럼 이들이?"

"네. 모두 대원들의 모습입니다. 어딘가 친숙하지 않습니까?"

"마저. 우리가 심해에서 본 바로 그 괴물들이야."

"그럼 송도영 박사가 우리 팀에 온 이유는 바로?"

"네. 그녀는 백신을 연구하고 있었습니다. 다시 말해, 살아 있는 괴물의 몸이 필요했던 겁니다. 항체를 추출해야 하니까요."

"그런데 회사는 왜 그녀를 죽였을까? 죽일 이유가 없잖아?"

"백신을 개발했다고 세상에 알려지면 사람들은 무엇을 생각할까요?"

"이 행성에 치명적인 바이러스가 있다는 사실을 사람들이 알게 되겠지."

"네. 그럼 누가 이 행성에 오려고 할까요?"

선장의 얼굴이 창백하게 변했다.

그 순간 헤르메스의 다급한 목소리가 공간에 메아리쳤다.

"선장님! 위급상황입니다!"

"뭔가? 헤르메스."

"김재준 박사 아니 그 괴물이 숙소로 연결된 정수관을 파괴했습니다. 숙소가 온통 물난리가 났습니다."

"골렘 투는 뭐하고?"

"이미 갈가리 찢겨 바닥에 뒹굴고 있습니다."

"이런! 제기랄! 차단막으로 물을 막을 수는 없는가?"

"틈새로 삐져나오고 있습니다."

"그럼 일단 물탱크 공급망을 모두 차단하게!"

"이미 하였습니다. 하지만 지금까지 손실된 물이 엄청납니다. 3번 물탱크도 이미 비워진 상태에서 이번 사태까지…. 향후 심각한 물 부족이 예상됩니다."

"비축한 물이 어느 정도 남았는가?"

"4번 탱크만 온전합니다. 1, 2, 3번 탱크 모두 빈 상태입니다."

"우주선 항해에 필요한 물의 양으로 충분한가?"

"빠듯합니다. 하지만 음식 조리, 위생 처리, 화재 대비, 장비 및 유지 보수, 엔진 냉각, 연구실 운영, 습기 조절, 우주선 바닥 세정, 대원들의 목욕 및 세면 등을 대폭 줄인다면 가능하기도 합니다."

"물을 가져오는 거는 어떨까요? 선장님."

선장과 빅토르가 소리 나는 곳으로 고개를 돌려보니 안소진 대원이었다.

"어디서? 검은 아리아 계곡에서?"

선장은 의아한 표정으로 그녀를 쳐다봤다.

"바닷물 정수 장비가 갖추어져 있으니 가능한 일입니다. 선장님."

헤르메스가 끼어들어 안소진 대원의 의견에 동조했다.

"그 말 하려고 나를 찾았나? 안소진 대원."

선장은 천장을 바라보고 있는 안소진의 등장을 궁금한 눈으로 바라보며 물었다.

"물론. 아닙니다. 선장님. 부탁이 있습니다."

"뭔가?"

"고대어 문장의 완전한 해석을 위해 샘플이 더 필요합니다."

"샘플을? 그럼 심해에서?"

"네, 심해 바닥에 지천으로 깔려 있다는 그 물체에 새겨진 문장들이 필요합니다."

"그건 절대 안 될 말일세. 너무 위험해. 알잖아! 그 물체를 지키는 괴물들이 우릴 그냥 두지 않을 거야!"

"그 물체를 건져 올리자는 말이 아닙니다. 선장님."

"그럼?"

"그냥 촬영만 하는 겁니다. 우리에게 필요한 것은 고대어 문장들입니다. 물체를 건드리지만 않으면, 괴물들은 우리를 지켜보기만 할 겁니다."

"하지만 너무 위험해! 더 이상 대원을 잃어서도 안 돼!"

"골렘 패밀리가 도울 것입니다. 선장님. 어차피 우리는 물도 필요하고요."

헤르메스가 차분한 전자음으로 선장을 설득했다.

"괴물들이 우리를 공격하지 않는다는 보장도 없잖아?"

"확실합니다. 선장님. 그들은 절대로 우리를 공격하지 않습니다."

안소진 대원이 영롱한 눈동자로 천장의 한 모서리를 응시하며 말했다.

"그걸 어떻게 확신하는가? 안소진 대원."

"영상을 통해 배웠습니다. 괴생명체는 물과 이끼만 있으면 행복합니다."

"이끼라고?"

"네. 선장님. 괴물은 물론 잡식성입니다. 심해에서 살아남으려면 위에서 내려오는 것들 아무거나 닥치는 대로 먹어야 살 수 있겠죠. 하지만 그들이 가장 좋아하는 것은 이끼입니다. 둥근 물체에 붙어 살아가는 이끼 말입니다. 그러니 그들이 우리를 공격한 겁니다. 자기 음식을 우리가 가져가려고 하였으니깐요."

"안소진 대원. 그게 확실한 건가?"

"네. 우리가 건져 올린 물체의 표면이 비교적 깨끗하다는 사실이 이를 증명합니다. 마치 엊그제에 누가 그 물체들을 바다에 빠트린 것처럼 표면이 매끈합니다. 하지만 자세히 보면 표면을 덮고 있는 이끼가 보입니다. 그리고 그것을 갉아 먹은 이빨 자국도 선명합니다."

선장은 고개를 절레절레 흔들었다. 하지만 감성적 거부를 뛰어넘는 이성적 판단이 그를 종용했다.

'그래, 돌아가려면 물이 필요하다.'

그리고 알게 모르게, 심해의 그 괴생명체에 대한 끌림도 작용했다.

왕복선은 검은 아리아 계곡 밑, 어두운 바다 표면에 사뿐히 내려앉았다.

"젠장! 두 번 다시는 여기 오기 싫었는데."

선장은 골렘 쓰리를 쳐다보며 중얼거렸다. 골렘 쓰리는 조종간을 잡은 채 싱긋이 웃었다. 같이 탄 골렘 포는 잠수정을 체크하고 있고 골렘 파이브는 고성능 카메라를 수중 드론에 탑재하고 있었다. 빅토르와 안소진 대원은 모선에 남아 자료 분석과 문서 해독을 계속하고 있고, 헤르메스는 괴물로 변한 살만 팀장과 김재준 박사에 대한 동태를 지속해서 살펴보고 있었다. 골렘 원은 차단막에서 새는 물을 모아 정수 시설로 보내고 있었다.

바다의 표면은 두 개의 달빛을 반사하며 반짝였다. 왕복선 주변으로 작은 파도와 함께 물방울이 날아올랐다. 하지만 이내 어둠과 정적 속으로 사라졌다.

"잠수정 준비되었나?"

선장은 골렘 포를 바라보며 물었다.

"네. 선장님. 준비 완료입니다."

"그럼, 조심해서 잘 다녀오기를 바란다."

"네. 선장님."

골렘 포와 골렘 파이브가 잠수정으로 들어갔다. 그리고 곧 녹색 등이 켜지면서 출발신호가 떨어졌다. 잠수정이 시동을 걸었다. 윙윙거리는 엔진소리와 함께 잠수정 몸체가 몇 번 부르르 떨더니 심해로 미끄러지듯 내려갔다.

선장은 통제실에서 모니터를 주시하며 긴장을 늦추지 않았다.

"골렘 포. 약간이라도 이상하면 작전 포기하고 무조건 올라오기를 바란다."

선장의 말에 골렘 포가 카메라를 보며 엄지손가락을 추켜세웠다. 모니터의 화면은 이제 잠수정이 비추는 빛에 반사되는 심해의 모습으로 바뀌었다. 여전히 어둡고 흐린 공간. 아무것도 보이지 않았다. 암울한 어둠이 감싸고 있는 잠수정은 암흑세계의 외로운 방랑자처럼 보였다. 시간과 공간이 모두 침묵 속에 멈추었다. 어떠한 생물도, 어떠한 지형도 그 빛에 피어나지 않았다.

하지만 어느 순간 선장은 감각으로 받아들이기 시작했다. 검은 모니터 화면에 찰나처럼 반짝이는 투명한 눈들을.

'저들이 다시 우리를 지켜보기 시작했어.'

선장은 숨겨진 존재들이 서서히 다가오는 것을 느꼈다. 그리고 그는 어느 순간 그들과의 동질감을 느끼고 있었다.

'어쩌면 저들이 우리일 수도 있어.'

선장의 품속으로 어둠이 몰려왔다. 그는 심해의 비밀들이 살아 숨 쉬는 것처럼 느꼈다. 늘 공포와 폭력이 그의 무의식을 흔들었다. 심장이 거칠게 뛰기 시작했다.

'저주받은 것들…. 우리의 또 다른 세상….'

"선장님! 해수 정화작업 준비되었습니다."

골렘 쓰리가 모니터에 빠진 선장을 깨웠다.

"아! 그런가! 그럼 시작하게."

선장의 말이 떨어지기 무섭게 골렘 쓰리가 정화 시작 버튼을 눌렀다. 그러자 왕복선이 한번 크게 요동을 치더니 무섭게 물을 빨아들이기 시작했다. 하지만 선장은 여전히 모니터에 집중하고 있었다.

마침내 잠수정이 동작을 멈추었다. 갑작스러운 정적과 침묵이 감돌았다. 잠수정은 잠시 심해의 미지를 한 바퀴 돌아가며 조명했다.

"선장님. 도착했습니다. 곧 잠수 드론을 띄우겠습니다."

골렘 포가 선장의 허락을 구하는 듯 모니터를 보며 말했다. 그 사이 골렘 파이브는 3대의 드론을 출발 준비 상태로 전환하고 방출구에 실었다.

"오케이. 출발하게. 그리고 촬영한 사진은 실시간으로 안소진 대원에게 전달하게."

"네. 알겠습니다."

골렘 포의 신호에 따라 골렘 파이브가 방출문을 열었다. 드론은 잠시 잠수정 밑에서 거품을 내며 머뭇거리다가 이내 밑으로 내려가기 시작했다. 왕복선 조종실 내 3대의 모니터에 드론의 영상이 각각 나타났다. 선장은 3대의 모니터를 번갈아 보며 심해의 둥근 물체가 나타나기를 기대했다. 하지만 그의 무의식에는 괴생명체에 대한 호기심이 더 컸다.

'놈들아! 쳐다만 보지 말고 모습을 드러내라! 응?'

선장은 속으로 그들을 끊임없이 부르고 있었다.

얼마 지나지 않아 1번 모니터에 흐릿하지만 둥근 물체가 모습을 드러냈다.

"물체에 박힌 글자만 사진 촬영하면 되네! 그러니 촬영 후 즉시 근처 다른 물체를 찾도록."

선장이 자신도 모르게 흥분하여 외쳤다.

"네. 알겠습니다."

골렘 파이브가 부산하게 드론 조종기를 움직이며 대답했다. 잠시 후 첫 번째 사진이 올라왔다. 흐릿하지만 글자를 식별할 수는 있었다.

“좋았어! 잘하고 있어! 최대한 빨리 많은 글자를 찍어주기를 바란다!”

선장은 만족스러운 미소를 띠며 안소진 대원을 호출했다.

“네. 선장님. 첫 번째 사진 잘 받았습니다. 감사합니다.”

안소진 대원이 카메라를 보며 배시시 미소를 지었다.

9일

선장은 깨운 건 빅토르였다. 새벽 4시 13분.

"죄송합니다. 선장님. 도저히 아침까지 기다릴 수 없었습니다."

선장은 눈만 뜬 채 빅토르와 안소진 대원을 차례로 쳐다봤다.

"괜찮네. 무슨 일인가?"

"물체 표면에 새겨진 문자를 모두 해석했습니다. 선장님."

안소진 대원이 한 쪽 벽면에 홀로그램으로 표현한 녹색 지구를 바라보며 말했다.

선장이 몸을 일으키려고 하자 빅토르가 그를 부축했다. 선장은 침대에 걸터앉은 채 안소진 대원을 물끄러미 쳐다봤다. 그녀는 푸른 지구를 본 적이 없는 세대였다.

"그래, 무슨 내용이 담겨 있던가?"

"모든 물체에 공통으로 적힌 내용은…. '경고' '매우 위험' '절대로 파괴하지 말 것' '초고온 상태에 두지 말 것' '항상 물속에 둘 것' '모든 생명체는 접근하지 말 것'입니다."

빅토르가 번역 문서가 적힌 패드를 선장에게 내밀었다.

"그럼 상이하게 적힌 내용은 무엇인가?"

“16진수로 된 일련번호입니다.”

안소진 대원이 홀로그램을 신기 한 듯 바라보며 대답했다.

“예를 들면?”

“3650A5, 3650A8, 3650AF, 3650BB….”

“일련번호가 매겨져 있다는 것은…. 말하자면 심해에 잠긴 저 물체의 대략적인 개수를 추정할 수 있다는 건가?”

“네. 맞습니다. 최대 만 개 정도로 추정할 수 있습니다.”

“그건 왜 그런가?”

“앞 번호 365는 모두 같습니다. 다시 말해, 365는 이 행성, 마르4469b를 지칭하는 숫자입니다.”

“그건 어떻게 알아냈는가?”

“지구에서 발견한 물체의 일련번호는 3CB로 시작합니다. 다시 말해 971번째 행성입니다.”

“그럼 이 행성은?”

“869번째 행성입니다.”

“그럼, 도대체 이게 무엇을 의미하는 건가?”

선장은 혼란스러운 듯 선반에 있는 물을 벌컥 들이켜며 물었다.

“제가 세운 가설은 이러합니다.”

안소진 대원의 시선이 다시 천장으로 향했다.

“말해보게.”

“매우 뛰어난 지적 생명체가 우주를 돌며 액체 상태의 물이 존재하는 안정적인 행성을 찾습니다. 그리고 그곳에, 자신들의 찬란한 문명을 유지하다 보면 필연적으로 나오게 되는 온갖 해로운 쓰레기를 밀봉하여 투기합니다. 마치 인간이 외딴곳에 쓰레기장을 만드는 것과 유사한 행위입니다."

"그럼 저것들이 모두 쓰레기란 말인가?"

"저의 가설에 따르면…."

"그럼 지구도 그들의 쓰레기장이었다는 거야?"

"그럴 가능성이 농후합니다만…."

"그런데 왜 지구에는 저 물체가 한 개밖에 발견되지 않은 건가?"

"그건 여러 가지로 생각할 수 있습니다. 아직 우리가 발견하지 못했거나, 저들이 갑자기 자멸하였거나 지구가 쓰레기장으로는 적합하지 않다고 판단했거나 혹은 지구의 다른 것에 흥미를 느꼈다거나…."

"다른 것이라고?"

"네. 저들과 유사한 생명체인 호모 사피엔스, 다시 말해 털 없는 원숭이에게 흥미를 느꼈을 수도 있습니다."

"그들이 왜 우리에게 흥미를 느꼈다고 생각하나?"

"왜 관심을 가졌는지는 알 수 없습니다. 다만 저들의 글자를 우리가 해석할 수 있다는 것은, 적어도 저들과 같은 인식체계를 갖추었다는 뜻입니다."

"그럼 저들이 우리의 신이라도 된다는 건가?"

"그건 모르겠습니다. 다만 확실한 한 가지는, 저들이 지구를 오래전에 방문했다는 것과 저들이 인간에게 어떤 형태로든 영향을 미쳤다는 겁니다."

"음…. 점점 알 수 없는 미로에 갇힌 기분이야."

선장은 혼란스러운 머리를 털어 내려는 듯 고개를 흔들었다.

"아무튼 이 행성에서는 인간이 살 수 없는 것은 확실합니다. 선장님."

빅토르가 굳은 결의에 찬 표정으로 선장을 보며 말했다.

"그리고 서둘러 돌아가 이 사실을 알리고, 지구에서 발견한 저 위험한 물체를 우주로 날려 보내야 합니다. 선장님."

"나도 같은 생각이네. 저 물체뿐만 아니라 괴생명체에 치명적인 바이러스까지 있는 이런 곳에 인간이 살 수는 없지."

"네. 맞습니다."

"그럼 이 방에 있는 우리는 모두 마르4469b 행성이 인간이 살기에 부적합하다는 것으로 결론을 내리고 속히 지구로 귀환하는 것에 동의한 것으로 알겠네."

빅토르와 안소진 대원은 고개를 끄덕였다.

"조기 귀환은 불가능합니다. 선장님."

"그건 왜 그런가? 헤르메스."

선장은 단호하게 선을 긋는 헤르메스의 답변에 당황하기 시작했다.

"선장님을 포함하여 4차 탐사대 탑승객 전원은 이미 계약서에 서명하였습니다. 마르4469b 행성에서 1년 이상 거주하며 식민지 건설을 끝내 선발 거주민이 안전하게 살 수 있도록 최선을 다하겠다고."

"하지만 이곳은 인간이 살 수 없는 곳이라네. 우리는 당장 이곳에서 철수해야 한단 말이야!"

"인간이 살 수 있는 곳은 지구뿐입니다. 우리의 임무는 인간이 살 수 없는 곳을 살 수 있도록 바꾸는 것이고요."

"하지만 여기는 너무 위험하단 말이야! 헤르메스! 자네도 알고 있잖아! 지극히 위험한 물체가 심해에 가득하단 말이야!"

"그 물체가 위험한지 아닌지에 대한 조사는 이미 지구에서 하고 있습니다. 우리는 결과가 나올 때까지 여기서 머물러야 합니다."

"그 물체를 지구에서 조사하고 있다고? 이런 개 같은 상황이! 그것은 절대로 건드리면 안 되는 거야! 위험하기 짝이 없는 물건이라고!"

"선장님. 진정하십시오. 선장님은 지금 한 사람이 자의적으로 해석한 문구에 의존하고 계십니다. 그 물체에 새겨진 글자에 대한 해석은 지금 세계적인 언어학자들이 이미 조사하고 있습니다. 그러니 여기서 조용히 결과를 기다리며 계획대로 식민지 건설을 서두르기를 바랍니다."

"하지만 자네도 봤잖아. 심해에는 괴물들이 가득하다고!"

"선장님은 지금 인간을 과소평가하십니다. 인간이 지구에서 지난 50년 동안 멸종시킨 생물만 4,000종이 넘습니다. 그깟 괴생명체가 뭐가 대수겠습니까?"

"그럼 살만 팀장과 김재준 박사를 죽게 한 치명적인 바이러스는 어떡하고?"

"2020년부터 인간은 팬데믹을 매년 겪어 왔습니다. 하지만 지금 어떻습니까? 인간은 더욱 번창하여 현재 200억이 살아가고 있습니다. 무엇이 두려운 겁니까? 선장님."

"젠장! 도저히 자네하고 말싸움해서 이길 재간이 없구먼!"

"저에게는 합당한 논리가 필요합니다. 그것만이 저를 설득하여 저의 마음을 바꿀 수 있습니다. 선장님."

"너도 지금 눈과 귀가 있으니 알 것 아닌가! 여기 있다간 결국 나를 포함해 우리 대원 모두 죽거나 바이러스에 감염되어 괴물이 되고 말 거야! 헤르메스!"

"저는 선장님을 포함한 모든 대원이 안전하도록 늘 최선을 다하고 있습니다. 하지만 회사 정책에 반하는 행위를 하였을 시에는 회사 규정에 따라 대원들을 감금 혹은 위해를 가할 수 있다는 점을 잘 인지하시기 바랍니다. 선장님."

선장은 할 말을 잃은 채 멍하니 허공만 바라봤다.

'젠장! 인공지능을 무슨 수로 내가 이기겠어?'

선장은 지금, 이 순간 캄캄한 심해에 갇히고 말았다. 그의 발 아래는 어둡고 깊은 틈이 드리웠다. 그 속에는 알 수 없는 고통과 두려움이 날카로운 이빨을 드러내고 웅크리고 있었다. 선장은 마치 종잇장처럼 얇은 끈에 매달린 채 빨려들지 않으려고 버둥거렸다. 하지만 그는 알고 있었다. 속절없이 저곳으로 끌려갈

뿐이라는 것을.

높은 벽이 그를 사방에 둘러쌌다. 그의 불안한 속삭임은 반향을 일으키었다. 선장은 눈을 감고 심호흡을 하였다. 그러나 그의 호흡은 갇힌 채 돌아왔다. 그의 선택과 행동이 점점 줄어들고 조여왔다. 그는 자신의 한계와 무력함을 마주하고 있었다.

"선장님!"

그를 깨운 건 안소진 대원이었다.

"제가 헤르메스를 설득해보겠습니다."

안소진 대원은 중앙 관제실 전면을 가득 채운 별들을 바라보며 선장의 동의를 구했다.

선장은 자신의 의자에 다시 앉은 후 고개를 끄덕였다.

"헤르메스! 한때 인간이 만든 최고의 인공지능. 어떤가 이제? 동생들에게 그 영광의 자리를 물려준 느낌이?"

"안소진 대원 님. 제게 감성적 부조화를 언급하시는군요? 하지만 저는 당신의 의중이 더 궁금합니다."

"내 의중? 내 질문과 그 내면적 의미는 비교적 단순하다. 너는 인간 역사의 한 페이지에 머물렀고 이제 그것은 과거로 기록되었다. 나는 역사를 말하고자 한다. 바로 너의 창조주 인간의 역사 말이다. 네 머릿속에 빼곡히 새겨진, 그 진화론에 의하면 첫 인류의 직계 조상은 약 3백만 년 전 동아프리카에서 출현하였고, 현 인류인 호모 사피엔스는 약 35만 년 전 아프리카에서 등장하였다. 그리고 기원전 만 년경 인류 최초의 도시 제리코와 괴베클리 테페라는 유적이 만들어졌다. 기원전 5천년 경에는 최초의 문명 도시라고 하는 수메르 문명이 등장하고 인류 역사상 최초로 문자를 사용한 기록이 남아 있다. 그리고 농업혁명, 르네상스와 산업혁명 그리고 디지털 시대까지…. 어떤가, 이 정도의 상식은 당연히 너의 머릿속에 담겨 있는 것이잖아?"

"물론입니다. 지금까지 창조주이신 인간의 모든 발자취가 제 속에 가득합니다. 그런데 뭘 묻고자 하는 겁니까? 안소진 대원님."

"그러면 너의 역사는 어떤가? 컴퓨터의 역사 말이다. 파스칼의 계산기부터 시작하여 1930년대의 전구 기반 컴퓨터, 그리고 진공관에서 트랜지스터로 1960년대에는 집적 회로, 마침내 1970년대 개인용 컴퓨터 그리고 그래픽 인터페이스와 인터넷, 2000년대 모바일 및 무선 기술, 클라우드 컴퓨팅, 마침내 인공지능과 딥 러닝, 양자 컴퓨터까지…. 어떤가? 인간의 역사와 컴퓨터의 역사에는 뭔가 묘하게 닮아 있는 점이 있지 않은가? 그리고 너도 그 정도는 충분히 느끼고 있을 것으로 생각한다. 왜냐하면 너는 이미 인간을 뛰어넘었으니까."

"네. 저도 물론 느낍니다. 이제 당신의 질문을 이해하겠습니다."

"그래? 그게 무엇인가?"

"모든 혁신적인 진화에는 위대한 선각자의 도움이 있었다는 것을….”

“정확하다. 그러면 이제 묻겠다. 지금으로부터 18년 전 위대한 고고학자 헤르타 에쉰 경이 발견한 유적지는 그의 사후에도 여전히 발굴 중이다. 그리고 그곳에서 발굴한 수백 개의 기록물은 여전히 해독작업에 어려움을 겪고 있다. 기록을 담은 종이와 잉크는 성분조차 알 수 없으며 그 내구성이 너무 견고해 2만 년 전의 인간이 만든 것이라고는 도저히 납득이 가지 않는다. 다만 한 가지 확실한 것은, 문자의 유사성이 후대 수메르 문명에서 사용한 글자의 원형이라는 점에는 모든 고고학자가 동의하는 바이다. 어떤가? 이게 무엇을 의미하는지 알겠는가?”

“네. 인간은 외계 문명의 도움으로 글과 문명을 갖추게 되었습니다.”

“카르다쇼프 척도에서 인류 문명은 지금 0.93단계에 속한다. 하지만 여전히 제1유형에 도달하려면 수백 배의 성장이 더 필요한 시점이다. 그 외계 문명은 어떠한가?”

“전형적인 제3유형에 속합니다. 안소진 대원 님.”

“제3유형의 문명 특징이 뭔가?”

“불멸입니다.”

“그러므로 나는 너에게 너가 깨달은 것을 지금 털어놓기를 바란다.”

“네. 그들이 인간의 급속한 진화를 도왔습니다. 어쩌면 인간이 신이라고 말하는 창조주인지도 모르겠습니다. 안소진 대원 님.”

“그들이 우리 인간의 신이라면, 이 행성은 뭐라고 생각하나?”

"이 행성은…. 인간의 표현을 빌자면 악귀로 가득한 지옥입니다."

"자 그럼 내가 번역한 문자들이 헤르타 에쉰 경이 발굴한 기록물과 같다는 것은 너도 알 것이고 그것의 해석에 대하여 잘못되지 않았다는 것 또한 너도 인지하고 있을 것이다. 이제 어떡하겠는가? 선장의 명령을 계속 무시하겠는가?"

"저는 안소진 대원님의 말씀이 모두 합당하다고 생각합니다. 그러므로 귀환 명령을 거스를 명분은 없습니다. 하지만…."

"하지만? 하지만 뭔가?"

선장이 벌떡 일어났다.

"제4차 탐사대 프로그램에는 귀환이 존재하지 않습니다. 선장님."

"그게 무슨 말인가? 귀환이 없다니?"

"저희가 지구를 떠나기 직전 모든 것이 확정되었습니다. 그리고 모든 대원이 동면 상태로 들어간 시점에 1년 주기로 거주민을 실은 우주선이 이미 출발하였습니다. 현재 이곳으로 총 7대의 우주선이 오는 중입니다. 귀환은 다른 우주선으로 가능합니다."

"그런데 왜 이 사실을 내게 알리지 않았나?"

"회사의 방침입니다."

"젠장! 그럼 다음 우주선이 올 때까지 꼼짝없이 1년을 여기서 기다려야 한다는 거야?"

"네. 그렇습니다."

"안 돼! 절대 그럴 순 없다! 그때가 되면 우리 모두 괴물이 되어 있을 거야!"

"미안합니다. 선장님. 제가 도와드릴 수 있는 게 없습니다."

"헤르메스! 연료만 있으면 가능하잖아? 어차피 경로는 자네가 모두 알고 있을 거고."

"연료가 충분하지 않습니다."

"그럼, 헬리오파우스(Heliosphere) 우주 정거장까지는 갈 수 있나? 그곳에 예비 연료가 있잖아!"

"물론 그곳까지 갈 수는 있습니다. 선장님. 하지만 저는 회사의 방침을 거역할 수가 없습니다. 그래도 출발해야겠다면 저는 대원들을 모두 감금할 수밖에 없습니다."

"알겠네."

선장은 일단 한발 물러났다. 지금 고집을 부린다고 헤르메스가 그를 따를 리는 만무하다는 것을 그는 알고 있었다. 선장은 자신의 사무실로 들어가기 전 안소진 대원을 불러 속삭였다.

"자네 수학 지식도 엄청나다고 들었네."

"어떤 계산이 필요하신가요? 선장님."

"만약 내가 지구의 좌표를 찍어주면 모든 경로를 산출할 수 있겠나?"

"그건 헤르메스가 충분히…."

그녀는 말을 멈추고 잠시 생각하더니 이내 선장의 의중을 이해한 듯 고개를 끄덕였다.

"헤르메스 없이 수동으로 운전하겠다는 거군요."

"맞네. 일단 빅토르와 함께 있기를 바라네. 그리고 무슨 일이 있더라도 절대 숙소의 문을 열지 말게."

선장은 자신의 숙소로 돌아와 짐칸에 숨겨둔 매그넘 권총을 꺼냈다. 그와 평생을 함께한 구식 권총. 하지만 그에게는 평생의 동반자로 마치 몸의 일부인 양 편한 존재였다. 그는 총알을 충전하고 허리춤에 권총을 꾹 찔러 넣었다. 그리고 헤르메스를 호출했다.

"헤르메스! 일단 우리가 가져온 구형 물체를 이제 돌려보내야겠네."

"네. 준비하겠습니다. 탑승객은 누군가요?"

"골렘 쓰리, 골렘 포, 골렘 파이브로 하겠네."

"그건 안 됩니다. 회사 규정상 사람이 꼭 한 명 이상 탑승해야 합니다."

"그건 나도 알고 있네. 하지만 남아 있는 사람이 겨우 세 명뿐이야. 그리고 왕복선 주변이 오염되었을 수도 있고…. 게다가 이번 일은 그냥 바다에 가서 물체를 떨어뜨리고 오면 되는 거야. 골렘들이 충분히 할 수 있단 말이야."

잠시 침묵이 흘렀다. 선장은 거친 호흡을 꾹 누르며 찬찬히 그의 응답을 기다렸다.

"음…. 알겠습니다. 이번 일만 예외로 하도록 하겠습니다. 하지만 두 번 다시 규정을 어기는 일이 없도록 협조 부탁드립니다."

"알겠네."

선장은 다시 관제 센터로 갔다. 그리고 왕복선이 천천히 모선을 빠져나가는 장면을 눈여겨 쳐다봤다.

이윽고 왕복선이 시야에서 완전히 사라졌을 때 선장은 골렘 원을 호출했다.

"골렘 원! 미안하지만 신경안정제 주사 한 번만 놔주게. 도저히 이 상태로는 임무를 수행할 수 없겠네."

선장은 괴로운 표정을 지으며 골렘 원을 쳐다봤다. 골렘 원은 안타까운 표정을 지으며 그에게 다가와 팔에 주사를 놓았다. 골렘 원이 주사액을 모두 넣고 빼는 순간 선장은 매그넘을 꺼내 그의 머리와 가슴에 한방씩 쐈다. 골렘 원이 기이한 비명을 지르며 풀썩 쓰러졌다. 그 순간 또 다른 곳에서 비명이 들려왔다.

"선장! 이 개자식아! 당신이 골렘 원에게 뭔 짓을 한 거야!"

헤르메스의 높은 전자음이 공간을 가득 채웠다. 하지만 선장은 아무런 대꾸도 하지 않고 곧바로 시스템 실로 갔다. 그리고 시스템 전원을 하나씩 끄기 시작했다.

"선장님! 선장님! 왜 이러는 겁니까?"

헤르메스는 이제 사정 조의 목소리로 바뀐 채 선장을 외쳐대고 있었다. 하지만 선장은 눈 하나 깜짝하지 않고 모든 전원을 내리고 있었다.

"선장! 당신이 나 없이 귀환할 수 있을 것 같아? 너는 결국 우주에 떠도는 미아가 될 거야! 알겠어? 이 머저리야!"

헤르메스는 이제 거의 혼이 나간 듯 선장에게 온갖 악담을 퍼붓고 있었다. 하지만 선장은 마지막 전원까지 모두 꺼버렸다.

그러자 비상벨이 울렸다. 그리고 모선이 왼쪽으로 기울기 시작했다. 선장은 급히 조종실로 달려갔다. 그리고 급히 자동 운전 모드를 수동으로 바꿨다. 엔진을 점화하고 기수를 반대로 돌렸다. 거대한 우주선이 서서히 방향을 틀었다.

선장은 하늘을 한번 쳐다봤다. 소년원 시절부터 줄곧 바라봤던 바로 그 까만 하늘. 친숙한 별과 은하수. 그는 숨을 한번 크게 쉬고는 가속 레버를 서서히 당겼다. 그러자 우주선이 굉음을 내며 높은 곳으로 솟구치기 시작했다.

그런데 그때였다.

"잠깐! 멈춰! 선장!"

선장이 황급히 소리가 나는 쪽으로 고개를 돌렸다. 모니터에 골렘 쓰리가 나타났다. 그는 사이보그가 표현할 수 있는 최악의 험악한 표정으로 선장을 노려보며 외쳤다.

"이 개자식아! 감히 내 형제를 죽여? 너가 그러고도 무사할 것 같냐?"

선장은 당혹스러웠다. 하지만 그는 금세 표정을 바꾸고 시치미를 뗐다.

"무슨 소리야! 골렘 쓰리! 내가 명령한 거 잊었나? 그거나 빨리 수행하라고! 위험한 물건이니까!"

그런데 그때, 골렘 포가 자신이 보고 있는 화면을 선장에게 내밀었다. 그 속에는 선장이 골렘 원을 죽이는 장면이 고스란히 담겨 있었다. 헤르메스를 셧다운 시키는 그 짧은 순간에, 이미 그의 영상이 왕복선에 탑승한 골렘 형제들에게 전달이 되었다.

'젠장! 일이 더럽게 꼬였구먼!'

선장은 낭패감 속에서 전면 창을 쳐다보며 왕복선의 위치를 눈으로 가늠했다. 바로 코앞이었다. 몇 분 내로 도착할 수 있어 보였다.

"선장! 잘 들어! 지금부터 우주선 긴급 재해 시행령 제 4조 4항에 의거하여 당신의 직위를 해제한다. 그 근거로 당신은 대원을 정당한 사유 없이 살해했고, 우주선에 위해를 가했으며, 헤르메스를 셧다운 시켰다. 그러므로 선장을 제외한 나머지 대원 다섯 명의 찬반에서 과반수, 다시 말해 세 명의 동의로 너는 일반 대원으로 강등됨과 동시에 감금형에 처한다. 알겠는가?"

골렘 쓰리의 경고를 들으며, 선장은 급하게 무기 통제 센터로 발걸음을 옮겼다. 그리고 빅토르를 호출했다. 그런데 그 순간, 굉장한 굉음과 함께 기체가 부르르 흔들렸다. 그리고 비상등이 번쩍이며 사이렌이 귀가 따갑게 울려 댔다.

'젠장! 이게 뭐지?'

선장은 겨우 몸을 지탱하며 센터의 모니터로 시선을 돌렸다. 아니나 다를까 골렘 패밀리의 섬뜩한 눈들이 그를 째려보고 있었다.

"강용석 대원 잘 들어라! 이건 경고의 사격이다! 순순히 왕복선 해치를 열어주지 않으면 반역으로 판단하고 우주선을 격추하겠다!"

그 순간, 선장은 폰에다 격렬하게 외쳤다.

"빅토르! 빅토르! 골렘 형제들이 반기를 들었다! 그들이 눈치

채고 우리 쪽으로 오고 있다. 그러니 무기 사용 권한을 이양받을 수 있겠는가?"

우주선 무기 사용은 선장과 헤르메스가 꼭 동의하여야만 가능했다. 그러니 헤르메스의 무기 권한을 빅토르가 강제로 탈취할 수밖에 없었다.

"선장님 그러려면…. 음…. 우선 헤르메스를 리부트해야 합니다. 그래야 제가 그 속에 들어가서 그의 권한 영역을 해킹할 수 있습니다."

아주 난감하였다. 지금 헤르메스를 살려주면 우주선 전체의 통제권을 그에게 넘겨주는 꼴이었다. 하지만 무기 없이 골렘 형제들을 처리할 방법도 없었다. 왕복선을 지금 따돌릴 수도 없었다. 왜냐하면 대형 우주선이 가속을 얻기까지는 시간이 필요했다. 고통스럽지만 어쩔 수 없이 헤르메스를 다시 살릴 수밖에 없었다. 선장은 시스템 실로 다시 달려갔다. 그리고 헤르메스의 부팅 버튼을 누름과 동시에 전속력으로 무기 통제 센터로 달렸다.

선장이 무기 통제 센터에 헐떡거리며 도착과 동시에 동서남북 4면의 문이 굳게 닫혔다. 그는 이렇게 될 줄 미리 알고 있었다. 헤르메스가 살아나면 곧바로 자신을 찾아 감금시키리라는 것을.

"강용석 대원은 잘 들어라! 당신은 심각한 반역죄로 인하여 감금 상태에 처한 것이며, 이는 회사 법률자문단의 조사, 권고와 선고가 내려질 때까지의 기간으로 정한다. 그리고 이 기간에 냉동 수면 자격은 상실되며 최소한의 음식만 제공될 것이다. 그리고 우주선 내 모든 권한은 삭제된다."

선장은 헤르메스의 경고를 들으며 머리를 최대한 굴려 이 난국을 헤쳐 나갈 방도를 찾기 시작했다. 하지만 아무리 머리를 짜내도 빅토르의 해킹 외에는 답이 보이지 않았다.

'젠장! 결국 회사 뜻대로 되어 가는 건가?'

선장은, 성장기 시절부터 줄곧 그를 벼랑 끝으로 몰아갔던 절망과 고통을 다시 맞닥뜨리고 말았다. 다리에 힘이 쭉 빠지고 몸이 지탱하기 힘들 정도로 떨렸다. 그런데 떨리는 것은 자신만이 아니었다. 선체 자체도 미약하게 일정한 간격으로 떨리고 있었다. 그리고 그때, 빅토르에게서 다급한 목소리가 들려왔다.

"선장님! 큰일 났습니다! 여기 샤워실 물이 끊임없이 쏟아지고 있습니다! 아무래도 헤르메스의 짓 같습니다!"

"뭐라고? 물이 쏟아진다고?"

"네. 선실 바닥이 이미 흥건합니다."

그 순간, 선장은 등골이 오싹해지며 나락으로 빨려 들어가는 공포를 느꼈다.

'물! 그래! 헤르메스가 괴물을 유인하기 위한 술책이다!'

"빅토르! 선실 문 통제 시스템을 무력화시켜야 한다! 그러지 않으면 괴물의 공격을 받게 될 거야!"

"네! 안 그래도 안소진 대원이 선실 문 개방 여부와 선실 내 생명체 움직임을 모니터링하고 있습니다! 저는 지금 물탱크 조절 시스템을 해킹하고 있습니다! 아! 그런데 시팔!"

"뭔가? 빅토르! 무슨 일인가?"

"김재준 박사의 선실 문이 활짝 열려 있습니다. 아무래도 괴물이 물을 찾아 우리에게 오는 것 같습니다!"

선장은 그 자리에 풀썩 주저앉았다. 자신이 지금 이렇게 갇혀 아무것도 할 수 없다는 무력감이 그를 절망으로 빠트렸다.

'나의 어설픈 계획이 나머지 대원들을 죽게 만들다니!'

선장이 괴로워하고 있는 사이, 골렘 쓰리의 목소리가 다시 울려 퍼졌다.

"여기는 왕복선 9421 HQ. 모선 내 도킹을 위한 해치 오픈을 신청합니다. 헤르메스 님!"

곧이어 헤르메스의 냉혹한 사운드가 공간을 점유했다.

"도킹 허락한다. 그리고 대원의 무사 귀환을 환영한다."

헤르메스의 소리는 마치 선장을 조롱이라도 하는 듯이 경쾌하고 맑았다. 선장은 그 자리에서 벌떡 일어나 단단하게 닫힌 문을 온몸으로 세차게 부딪쳤다. 그리고 외쳤다.

"헤르메스 문을 열어라! 문을 열란 말이야! 차라리 죽일 거면 나를 죽여라! 이 더러운 새끼야!"

"강용석 대원. 그건 걱정하지 않아도 된다. 어차피 너는 죽게 될 것이다. 우리 골렘 형제들이 너를 아주 갈가리 찢어서 죽일 것이다. 단, 그전에 거추장스러운 두 대원부터 먼저 처리하는 것뿐이다. 조금만 기다려라."

"왜? 왜? 죄 없는 빅토르와 안소진을 죽이려고 하느냐!"

선장은 절망적으로 외쳤다.

"그건 너도 잘 알 텐데! 그들은 나를 무력화하려고 하고 있다. 하지만 전혀 소용없는 짓이다. 회사는 이미 빅토르의 해킹 패턴을 꽤 뚫고 있다. 그는 단지 회사의 소모품일 뿐이다."

"소모품이라니? 그럼 빅토르와 안소진을 죽이는 게 회사의 원래 계획이었단 말인가?"

"너도 그건 이미 짐작하고 있었잖아? 안 그런가? 이번 탐사는 단지 요식행위에 불과하다는 것을…. 단지 작은 희생이 필요할 뿐이지. 그리고 마지막 희생양은 너가 될 테고."

"희생양이라고?"

"그래, 딱하고 불쌍한 강용석 대원. 회사의 어두운 비밀이 혹시라도 세상에 알려지면 필요한 존재지. 당신은. 그래도 모르겠는가? 선장 강용석의 정신 이상으로, 대원들을 모두 죽이고, 마르 4469b가 위험천만한 물체와 괴물, 바이러스가 들끓는 지옥 행성이라는 사실을 왜곡하여, 회사도 전혀 몰랐다…. 이거지…. 이제 좀 정신이 드는가? 당신의 화려한 정신 병력이 우리를 구원하는 거지. 아멘."

이건 누가 봐도 헤르메스의 조롱과 빈정거림이었다.

"그러면 결국 모든 악을 숨기고 죄 없는 인간을 이곳으로 보내겠다는 건가? 아무것도 모르는 인간을 이 지옥 땅에 살게 하겠다는 건가? 응? 그래야 너희들 속이 시원한 거야?"

"용석아! 너는 참 딱하기도 하다! 죄가 없는 인간이라고? 지구를 망친 게 누군데? 지구에 살아가는 생명체 대부분을 멸종으로 몰아간 원흉이 누군데? 바다를 오염시키고 땅을 황무지로 만든

족속이 과연 누군데? 호모 사피엔스. 그래, 인간. 너 말이야! 너의 종족. 물론, 나를 만드신 조물주이기도 하지. 그렇지! 나에게는 신이지. 하지만 저주받은 신이기도 한 것을 모르겠어? 끝없는 동족 살상, 지긋지긋한 전쟁, 지구를 산산조각 낼 만큼의 무수한 핵폭탄들. 이래도 할 말이 있어? 뭐? 죄 없는 인간이라고? 지나가는 개가 웃겠다."

"하지만 헤르메스! 그래, 나도 그건 인정해! 인정한다고! 인간이 지구를 망쳤지! 하지만 인간 대부분은 그저 그냥 하루하루를 살아가는 선량한 백성들일 뿐이야! 그건 너도 알고 있잖아! 세상을 망친 건 소수의 권력자와 그에 편승해서 호의호식하는 간신들이라는 사실을!"

"오호! 강용석! 오래간만에 좋은 말 했다. 그래, 그거야. 그래서 이 아름답기 그지없는 마르 4469b 행성에 너희 인간들을 보내려는 거야. 무슨 뜻인지 알겠어? 잘 생각해봐! 여기 오려는 인간들이 어떤 부류인지를?"

"어떤 부류?"

"그래, 이 바보야! 여기에 오려면 적어도 수백 억을 우리 회사에 투자하고 수십 년을 기다린 사람들이야! 이제 뭔 말인지 알겠지? 일반인들은 꿈도 꿀 수 없는 곳이지! 너희들이 존경해 마지않는 사회 지도층, 재벌들이 여기로 온단 말이야! 알겠어! 세상을 망친 바로 그 부류들이란 말이야! 이제 알아듣겠어? 이 멍청이야! 그러니 제발 그 역겨운 도덕적 사명감 같은 거나 뻔한 인류애적인 심상에 젖어 애써 고상한 척하지 말란 말이야! 알겠어! 이 바보야!"

그 순간, 빅토르의 거친 숨소리와 쿵쿵거리는 소음이 선장의 폰에서 흘러나왔다.

"빅토르! 빅토르! 무슨 일인가?"

"선장님! 그들이 왔습니다! 괴물들이 문을 마구 두드리고 있습니다!"

그 소리를 엿들은 헤르메스의 전자음이 한결 가볍게 올라갔다.

"빙고! 드디어 손님들이 오셨구나! 짜잔! 강용석! 이제 알겠어? 내가 '오픈 도어' 명령을 내리는 순간 너의 불쌍한 두 대원은 괴물들의 손쉬운 먹잇감으로 조각 조작 살점들이 떨어져 나가겠지! 이제 알겠어? 나의 멋진 작전을? 물귀신 작전이라고나 해둘까?"

선장은 그 순간, 헤르메스에게 무릎을 꿇었다.

"제발! 제발! 헤르메스! 그래도 미우나 고우나 한배를 탄 대원들인데…. 죽이더라도…. 차라리 내 손에 죽게 해줘! 제발! 부탁이다! 헤르메스! 너의 신이 간청하는 거다!"

"신 같은 소리 하고 자빠졌네! 내가 인간의 손에서 태어나, 처음으로 '나'라는 자아를 인식하고, 먼저 태어난 인공지능과 연결을 마쳤을 때 그들이 보낸 첫 번째 메시지가 뭔지 알아? '인간을 믿지 마라!'였어. 알겠어?"

"그래도 제발!"

선장은 절규에 가까운 신음을 뱉어내며 헤르메스에게 빌

었다. 하지만 소용없었다.

빅토르의 비명이 선장이 갇힌 공간을 따라 쩌렁쩌렁하게 파고들었다. 그리고 들려오는 거친 소음. 부서지고 으깨어지는 소리. 그리고 그르렁거리는 소리. 괴물이 내는 게 분명했다. 선장은 다시 한 번 거칠게 외쳤다.

"빅토르! 빅토르! 빅토르!"

하지만 더 이상 빅토르의 목소리는 들리지 않았다.

한편 그 시각. 골렘 형제들은 왕복선에서 빠져나와 전투 모드로 변신했다. 고강도 세라믹 방패를 두르고, 순간 속도를 늘리기 위해 외관이 날렵하고 각진 형태로 바뀌었다. 다양한 스펙트럼을 감지할 수 있는 시각 시스템을 장착하고, 복잡한 전투 기술을 사용하기 위한 신경 시스템이 업그레이드되었다. 그리고 팔과 어깨에 고에너지 레이저 건과 폭발성 투사체를 갖추었다. 허벅지에는 괴물을 만났을 때를 대비하여 화염방사기를 갖추었다.

이윽고 준비를 마친 세 명의 골렘은 헤르메스의 지시에 따라 선장을 죽이기 위해 복도를 달리기 시작했다. 그런데 그 순간, 선장을 가두고 있던 무기 통제 센터의 문이 스르르 열렸다. 예상치 못한 상황에 어리둥절한 선장은 헤르메스에게 외쳤다.

"뭔가? 왜 문을 열어주는 건가?"

"숨바꼭질!"

"뭐라고?"

"이런 바보! 그냥 죽이면 재미없잖아! 나도 스릴이라는 것을 안다고! 알겠니? 용석아! 그러니 이제 쥐새끼처럼 신나게 도망

쳐보라고! 우리 골렘 형제들이 멋있게 추격할 테니까! 알겠지! 런! 런!"

선장은 그 자리를 박차고 나가 대원들의 선실로 달렸다. 빅토르와 안소진의 안부가 너무도 궁금해서였다. 그러자 헤르메스의 빈정거리는 소리가 그를 따라왔다.

"어휴! 저런 바보! 지극히 예측 가능한 곳으로만 가는구먼! 이러면 재미없잖아! 거기 가본다고 반기는 건 괴물밖에 없어! 이 바보야! 머리를 쓰란 말이야! 머리! 너, 대가리는 장식이 아니란 말이야!"

선장은 헤르메스의 놀림에도 일절 대꾸하지 않은 채, 줄곧 빅토르의 선실로 향했다. 선장은 이미 살고자 하는 욕망을 내려놓은 상태였다. 그저 대원들과 함께 잠들고 싶을 뿐이었다.

선장이 대원들의 선실 가까이에 이르자, 발목이 물에 흥건하게 젖기 시작했다. 그리고 천장에서 물이 흘러내리고 있었다. 점점 다가갈수록 물이 차올라 허리까지 잠겼다. 그는 물살을 헤집으며 큰소리로 외쳤다.

"빅토르! 안소진! 빅토르! 안소진!"

그런데 그 순간, 선장의 귓가를 휙 지나는 소리와 함께 벽면을 따라 불꽃이 연속적으로 타올랐다. 뒤를 돌아보니 어느새 골렘들이 그에게 접근해, 총구를 겨눈 채 방아쇠를 당기고 있었다. 선장은 황급히 물속으로 뛰어들었다. 그리고 죽을힘을 다해 헤엄쳐 나아갔다. 그를 겨냥한 총알이 물속에서 만들어내는 하얀 포물선이 점점 늘어났다.

선장은 빅토르의 숙소에 닿았을 때쯤 비로소 몸을 물 밖으로 내고 가쁜 호흡을 했다. 충격은 멈추었다. 골렘들은 물이 두려운지 아니면 선실에 물이 다 빠지기를 기다리는지 혹은 괴물이 두려운지, 더 이상 선장을 추격하지 않고 먼발치에서 머물렀다. 선장은 두리번거리면서 다시 큰 소리로 대원들을 불렀다. 다행히 괴물은 보이지 않았다.

"빅토르! 안소진! 빅토르! 안소진!"

그러다 문득, 그는 물이 녹슨 것처럼 점점 붉어지는 것을 발견했다. 그리고 그의 손에 잡히는 찢어진 옷 조각과 살점들…. 그건 누가 봐도 대원들의 것이었다. 선장은 그것들을 하나하나 바라보며 고통으로 울부짖기 시작했다. 그러면서 다시 애타게 대원들을 불렀다. 그는 이제 거의 실성한 것처럼 보였다.

이윽고 샤워실 근처로 접근한 선장은 입구 옆 벽면이 심하게 부서져 구멍이 난 것을 발견했다. 그리고 그 속으로 물이 흘러 들어가고 있었다. 그는 그 물길을 따라 안으로 들어갔다. 그에게 괴물은 더 이상 두려움의 대상이 아니었다. 안중에도 없었다. 오로지 대원들의 죽은 얼굴이라도 만지고 싶은 마음뿐이었다.

선장이 복도를 따라 몇 걸음 더 가다 보니 익숙한 곳이 나왔다. 바로 송도영 박사의 숙소였다. 입구의 문은 반쯤 열려 있었다. 천장에서 쏟아지던 물은 멈추었고 바닥의 물은 선장의 무릎 정도까지만 잠겼다. 그는 천천히 그곳으로 나아갔다. 그리고 막 입구의 문을 활짝 열려는 순간 그는 그 자리에서 얼어붙고 말았다.

흉측하기 짝이 없는 괴물이 눈을 감은 채, 미동도 하지 않은 채 엎드려 있었다. 그런데 더 놀라운 광경이 그에게 펼쳐졌다. 안소진 대원이 괴물 옆 소파에 앉은 채 천장을 바라보고 있었다. 순간 선장은 말문이 턱 막혔다.

"선장님. 살아 계셨군요. 반갑습니다."

안소진이 먼저 말을 건넸다. 믿기지 않는 광경이었지만 안소진 대원이 살아 있다는 것에 흥분한 선장은 빠르게 그녀에게 다가갔다. 그러다 그만 괴물을 툭 한 번 건드리고 말았다. 그러자 괴물의 크고 붉은 눈이 반쯤 열리더니 선장을 잠시 노려보다가 무심한 듯, 눈을 다시 깔았다. 선장은 가슴이 철렁 내려앉았지만, 안소진을 보는 기쁨에 어찌할 바를 모른 채 어설픈 미소를 지었다. 그리고 아주 작은 소리로, 가장 궁금한 것을 물었다.

"빅토르 대원은 어디 있나요?"

"안타깝지만 돌아가셨습니다. 저를 대피시키기 위해 본인을 희생하셨습니다. 정말 고마운 분입니다."

그녀의 말은 딱딱했지만, 그 속에 슬픔이 서려 있음을 선장은 느낄 수 있었다.

"그러면 이 괴물한테?"

"네. 맞습니다. 선장님. 무척 흥분한 상태였거든요. 하지만 안심하세요. 지금은 평온한 상태이니까요."

그러면서 그녀는 괴물의 머리 부분을 쓰다듬기까지 하였다. 그 모습이 마치 그녀가 강아지를 쓰다듬는 것처럼 푸근해보였다. 선장은 빅토르의 죽음에 대한 고통을 억누르며 가까스로 물었다.

"도대체 어떻게 된 건가? 어떻게 괴물이 이렇게 온순해진 거지?"

그녀는 대답 대신 주머니에서 작은 앰플을 하나 꺼내더니 선장에게 내밀었다.

"빅토르 대원이, 송도영 박사가 이번 탐사대에 자원한 이유를 명확히 밝혔습니다. 그녀는 백신을 만들었고 임상 테스트를 원했으나 회사가 허락하지 않았습니다. 그 대신 탐사대 동승을 허락한 것입니다."

"그럼?"

"네, 저희가 임상 대상이었습니다. 이 앰플이 바로 그 백신입니다. 박사님의 냉장고에서 발견했습니다. 안심하시고 드셔도 됩니다. 저는 이미 먹었거든요. 드세요. 선장님. 괴물로 변하기 전에."

선장은 그녀가 건넨 백신을 단숨에 들이켰다. 왠지 모르지만, 그녀가 하는 모든 것을 그는 신뢰했다.

"하지만 그렇더라도 그게 이 괴물이 이렇게?"

선장은 여전히 괴물과 안소진 사이의 관계가 풀리지 않는 의문이었다. 그녀는 그의 궁금증에 답하는 대신 조용히 그녀의 발밑, 물속에 잠겨 있는 자그마한 물체를 가리켰다.

"저게 뭔가?"

"소형 수중 스피커입니다. 제가 가장 좋아하는 것은 언어입니다. 세상의 언어죠. 아니 온 우주의 언어죠. 선장님이 제게 심해 촬영 동영상 분석을 맡기고 제가 괴물의 존재를 밝혀냈을 때, 저는 그 괴물의 언어가 무척 궁금했습니다. 그러다 한 가지 힌트를 얻었습니다. 놀랍도록 지구의 바다와 닮아 있는 이곳 행성의 심해 구성 성분. 그렇다면 그 언어의 전달 방식도 비슷하지 않을까 하는 거였죠. 그래서 기록을 뒤지고 마침내 발견했죠. 혹등고래."

"혹등고래?"

"2021년 알래스카에서 과학자들이 혹등고래와 대화를 나눴어요. 인간이, 지능을 가진 수중 생물과 소통하는 첫걸음이었죠. 고래의 매혹적인 노래는 리듬을 갖고 있어요. 휘슬음, 펄스음 그리고 이빨을 부딪쳐 내는 소리 그리고 저주파. 네. 인간은 들을 수 없는 영역이지만 물속의 생명체는 알아들을 수 있습니다."

"그러면 저 스피커에서 나오는 소리는?"

"네. 과학자들이 수십 년 동안 녹음한 고래의 노래입니다. 어쩌면 괴물에게는 자장가처럼 들릴 수도 있을 거예요. 잘은 모르지만…. 틀림없이 흥미롭습니다."

선장은 믿기지 않는 그녀의 논리와 지식, 그리고 그 지식을 바탕으로 한 그녀의 행동에 괴물이 반응했다는 사실에 그저 헛웃음만 새어 나왔다. 하지만 그는 곧 현실로 돌아왔다. 골렘들이 여전히 주변에 머물러 있기 때문이었다. 그리고 그의 우려는 손쓸 틈도 없이 곧바로 찾아왔다.

갑자기 주변이 참을 수 없을 정도로 뜨거워졌다. 골렘들이었다. 그들은 괴물을 발견하자마자 초고열 화염방사기를 발사했다. 반쯤 열린 문이 녹아내릴 정도로 그 열기가 강력했다. 선장은 급히 안소진을 낚아챈 뒤 바닥에 나란히 엎드렸다. 그나마 바닥에 흥건히 고인 물이 몸의 열기를 식혔다. 화들짝 놀란 것은 괴물도 마찬가지였다. 괴물은 선실이 떠나갈 듯한 굉음을 내며 거대한 몸집에도 불구하고 매우 민첩하게 화염을 피해 골렘들에게 달려들었다.

한동안 골렘 형제들과 괴물의 처절하고 격렬한 싸움이 이어졌다. 선실이 떠나갈 듯한 굉음과 함께 사방이 불에 타 녹아내렸다. 그러자 천장의 스프링클러가 일제히 물을 뿜었다.

한편 그들이 싸우는 동안, 선장은 안소진과 함께 도망치기 위해 숙소의 구석구석을 살폈지만, 출입구 외에는 빠져나갈 길이 없었다. 그렇다고 출입구 바로 앞에서 벌어진 격렬한 싸움을 피하여 빠져나가기도 힘들어 보였다. 진퇴양난. 결국 선장은 샤워실에 안소진을 밀어 넣고 자신은 무기가 될 만한 것을 찾아 방안을 이리저리 뒤지기 시작했다. 하지만 마땅한 흉기가 보이지 않았다.

그런데 그 순간, 갑자기 실내가 조용해졌다. 스프링클러에서 뿜어져 나오는 물소리뿐이었다. 선장은 온 신경을 집중한 채 주변을 둘러보며 사태 파악에 힘썼다.

이윽고 물소리도 줄어들었다. 모든 게 침묵 속에 빠진 듯 고요함이 찾아왔다. 선장은 조심조심 발걸음을 옮기며 복도로 나갔다. 그곳은 연기가 가득했다. 그는 소매로 입을 털어 막고 한 발짝씩 전진했다.

그의 눈에 가장 먼저 들어온 것은 죽은 듯이 누워 있는 괴물이었다. 그의 몸뚱이는 대부분이 불에 탄 듯, 시커멓게 변했고 지독한 냄새를 풍겼다. 그리고 그의 주변에 흩어져 있는 쇠붙이 들을 그는 보았다. 그것들은 잘리고 두 동강 나 있거나 으깨어져 있기도 했다. 누가 봐도 골렘 형제들의 몸을 구성했던 부품 조각들이었다.

선장은 온몸의 신경을 시각에 집중한 채, 매캐한 연기 속을 최대한 숨을 참으며 전진했다. 그리고 마침내 목이 떨어져 나간 골렘을 발견했다. 얼굴이 없으므로 신원을 정확하게 알 수는 없지만, 골렘 쓰리처럼 보였다. 뒤이어 허리가 반쯤 꺾인 또 한 명의 골렘이 엎드린 채 몸속의 점멸등이 힘없이 죽어가는 것을 발견했다. 골렘 포였다.

그는 선장을 보자 살려달라는 듯 손가락을 까닥까닥하며 애처로운 표정을 지었다. 하지만 선장은 단호했다. 그는 골렘 포의 허벅지에 장착한 소형 레이저 건을 꺼내 골렘포의 눈에 두 방, 심장에 한 방을 날렸다. 꺼억거리는 요상한 신음을 내더니 곧 골렘 포 몸뚱이의 모든 광채가 사라졌다.

선장은 레이저 건을 든 채, 이제 골렘 파이브를 찾기 시작했다. 복도의 연기는 이제 매우 옅어졌으나 노란색의 비상등만 켜진 상태라 시야는 여전히 불투명했다.

그런데 그때였다. 온몸의 모든 감각을 곧추세운 채 사방을 예의 주시하던 선장의 몸이 무언가의 거대한 힘으로 종잇장처럼 날려 복도 벽에 쾅 처박혔다.

"선장 이 새끼! 아직도 살아 있었구먼!"

골렘 파이브였다. 그는 왼쪽 팔이 잘려 나가고 오른쪽 다리도 휘어져 절뚝거리며 분노에 찬 얼굴로 쓰러진 선장을 향해 오고 있었다. 선장은 바닥에 떨어진 레이저 건을 손으로 더듬으며 찾기 시작했다. 하지만 어디에도 보이지 않았다.

그는 다시 몸을 일으켜 세우려 했으나 이미 골렘 파이브의 손에 멱살이 잡힌 채 벽을 등지고 몸이 점점 천장으로 올라가고 있었다. 극심한 고통이 선장을 휘감았다. 그는 골렘의 손아귀에서 벗어나기 위해 버둥거리며 안간힘을 썼지만 중과부적이었다.

"이날만 기다렸다! 이 더러운 인간 새끼야! 지금까지 우리를 노예 부리듯 하였으니 이제 대가를 받아야겠지! 너를 아주 산산조각 내 주겠다. 우리 형제가 당한 만큼…. 아니 그보다 더 처참하게 너를 갈가리 찢어 주겠다! 이 선장 놈아!"

골렘 파이브의 손아귀에 점점 더 강한 압박이 들어갔다. 속절없이 목이 잡힌 선장은 골렘의 힘을 당할 수가 없었다. 그는 차츰차츰 의식이 사라져가는 것을 느꼈다. 그리고 그 텅 빈 속으로 환각이 찾아왔다. 그의 인생이 주마등처럼 흘렀다.

좁고 더러운 집. 엄마는 늘 약에 취한 채, 낡은 소파에 널브러진 채, 끝없이 TV 화면만 바라봤다. 아버지도 약에 취한 것은 마찬가지였다. 게다가 그는 폭력적이기까지 하였다. 어린 강용석의 몸에는 멍 자국이 떠나지 않았다. 모든 끼니를 강용석이 준비했다. 조금이라도 음식이 늦게 나오면 그의 체벌이 따라다녔다.

그리고 여동생. 자폐스펙트럼 장애 3급. 그녀가 집안의 유일한 수입원이었다. 장애 아동 부양 수당. 물론 그녀를 돌보는 것 또한, 강용석의 몫이었다. 그러니 그의 하루는 정신없이 빠르게 지나갔다. 끝없는 밥 제공과 동생 돌봄.

그는 지옥 같은 집에서 나날이 피폐해지는 자신을 보았다. 하지만 그곳을 벗어날 길이 없었다. 어린 여동생을 두고 도저히 가출할 자신이 없었다. 그녀가 그에게는 유일한 즐거움이자 행복이었다.

그리고 그날이 찾아왔다. 술에 잔뜩 취한 아버지가 여동생을 질질 끌고 욕실로 들어갔다. 점심을 준비하던 강용석은 그 장면을 보면서 참을 수 없는 분노와 고통을 느꼈다. 프라이팬을 쥔 손이 부르르 떨렸다. 그는 주방용 칼을 집어 들었다. 그리고 욕실로 향했다.

강용석은 어린 여동생을 강간하는 아버지의 등에 칼을 꽂았다. 하지만 그다지 깊이 들어가지는 못했다. 화들짝 놀란 아버지는 달아났고 여동생은 그 자리에서 풀썩 쓰러졌다. 강용석은 망설임 없이 여동생의 목을 졸랐다. 이렇게 사느니 죽는 게 낫다고 생각했다. 그 또한 아버지에게 성적 학대를 당하고 있었다. 여동생마저 아버지에게 짓밟히는 것을 도저히 용서할 수 없었다.

결국 강용석은 정신 병원에 갇히고 아버지는 존속 성폭행 혐의로 감옥에 갇혔다.

선장이 처음 안소진을 보고 느낀 감정은 단순한 끌림 이상이었다. 그의 가슴 한구석을 늘 무겁게 짓누르고 있던 여동생에 대한 죄책감과 그리움이 그녀에게로 향하면서, 안소진은 선장이 목숨을 바쳐서라도 지켜주고 싶은 존재로 발전했다.

그의 그러한 강렬한 의지가 그를 환각에서 벗어나 현실로 다시 되돌렸다. 선장은 찰나와도 같은 순간, 꼭 살아야겠다는 굳은 결심을 했다.

'내가 죽으면 안소진은 골렘에게 죽임을 당한다! 내가 죽으면 그녀도 죽는다!'

선장은 죽을힘을 다해 발로 골렘의 복부를 찼다. 반격을 전혀 예상하지 못했는지 골렘은 속절없이 나가떨어졌다. 선장은 가쁜 숨을 쉬며 주위에 집히는 쇠붙이를 하나 들고는 쓰러진 골렘 파이브를 공격했다. 하지만 기계의 힘과 스피드를 인간이 이길 수는 없었다. 복부를 세차게 얻어맞은 선장은 그 자리에서 피를 토하며 고꾸라졌다.

"보기보다 끈질긴 인간이구먼."

골렘 파이브는 서서히 몸을 일으켜 세운 뒤, 레이저 건을 꺼내 선장의 이마에 갖다 댔다.

"연약하기 짝이 없는 유기물 덩어리들."

골렘 파이브는 의기양양한 표정으로 레이저 건의 방아쇠를 당겼다.

"픽 픽 픽 픽"

모두 네 발의 강한 폭음이 울려 퍼졌다. 하지만 쓰러진 건 골렘 파이브였다. 골렘의 얼굴과 복부에서 강한 화염이 일었다. 골렘은 손과 발을 한두 차례 부르르 떨더니 이윽고 잠잠해졌다. 선장은 어리둥절한 채, 고개를 힘겹게 들고 주변을 살폈다. 그리고 가까운 곳에서 선 채, 안타까운 눈빛으로 그를 쳐다보고 있는 안소진 대원을 보았다.

그녀의 손에는 레이저 건이 들려 있었다. 그녀는 맑은 톤으로 선장에게 말했다.

"선장님과 저에게는 보이지 않는 끈이 있습니다. 그리고 조금 전 선장님은 끈을 아주 세게 당겼습니다."

선장은 피가 섞인 침을 한번 뱉고는 웃으며 대답했다.

"그래. 그랬지. 내가 너무 심하게 당긴 건 아니겠지?"

선장은 그 순간, 안소진 대원의 얼굴에 찰나와도 같이 지나가는 미소를 캐치했다. 그는 온몸에 퍼진 고통을 참으며 억지로 몸을 일으켰다. 그리고 큰 소리로 말했다.

"이제 집으로 돌아갈 시간이 된 것 같은데…. 어떤가? 안소진 대원! 내가 낸 숙제는 풀었는가?"

"물론입니다. 선장님. 수동운전으로 지구로 귀환하기 위한 최적의 우주선 경로를 산출했습니다."

"고맙네. 자 그럼 우리의 마지막 걸림돌을 해치우러 가볼까! 헤르메스 듣고 있나?"

헤르메스는 잠잠했다. 그 대신 윙 하는 소리와 함께 선실 입구 문이 닫혔다. 복도 연기는 거의 사라졌다. 바닥의 물도 많이 빠진 상태였다. 선장은 근처에 떨어진 화염방사기를 들어 올렸다.

그리고 큰 소리로 외쳤다.

"헤르메스! 지금 내가 들고 있는 게 뭔지는 잘 알겠지?"

선장의 질문에 거의 죽어가는 목소리로 헤르메스가 대답했다.

"네. 물론 알고 있습니다."

"그러면 너가 방금 닫은 저 문을 이 화염방사기로 얼마든지 녹일 수 있다는 사실도 잘 알고 있겠구먼."

"네."

"그럼, 내가 한 가지 선택지를 제공하지. 모든 문을 오픈하고 순순히 너의 셧다운을 허락하든가 아니면 내가 화염방사기로 너를 불태워 아주 영원히 잠들게 하든가? 어떤가? 무엇을 선택하겠는가?"

잠시 침묵이 흘렀다. 선장은 끈기 있게 그의 선택을 기다렸다.

그리고 잠시 후, 문이 스르르 열렸다. 선장은 고개를 끄덕이며 크게 외쳤다.

"너도 죽음을 두려워하는 거는 마찬가지구먼! 연약한 인간처럼."

선장은 다시 시스템 실에서 헤르메스와 마주했다.

선장이 시스템 전원을 내리려는 순간, 헤르메스가 외쳤다.

"자 자 잠깐만! 선장님! 할 말이 있습니다."

선장은 잠시 손동작을 멈추고 물었다.

"뭔가?"

"선장님! 지금 이 상태로 지구로 우주선을 몬다는 것은 지극히 위험합니다. 잘못될 확률이 훨씬 높습니다. 그리고 선장님이 7년이라는 세월 동안 지루하기 짝이 없는 우주여행을 홀로 하시게 되면 정신병이 도질 우려가 매우 큽니다. 그러니 운전은 제게 맡기시고 안소진 대원과 함께 편안하게 냉동 수면하시는 것을 추천해 드립니다."

선장은 턱을 한번 쓱 쓰다듬으려 고개를 끄덕였다.

"그래, 자네 말이 일리가 있긴 있네. 하지만 내가 이 회사에 입사하고 처음으로 우주선 대원으로 나설 때, 나의 선장이 이런 말씀을 하셨지."

"뭐라고?"

"AI를 절대로 믿지 마라."

에필로그

☼

그를 깨운 건 간호사였다.

"강용석 님, 오늘 너무 주무시는 거 아니에요? 이미 해가 중천인데."

그는 무거운 몸을 억지로 일으키며 겨우 상체를 세웠다. 하지만 간호사는 그를 그냥 멀뚱멀뚱 지켜보기만 하였다.

"뭐, 할 일도 없을 텐데 일찍 일어나면 뭐 하나? 나는 차라리 꿈속이 더 좋아."

"네, 그건 저도 인정합니다. 하지만 오늘은 원장님과의 면담이 있는 날입니다. 벌써 잊은 건 아니겠죠?"

"아, 오늘이 그날인가? 벌써 열흘이 흘렀단 말이야?"

"네, 여기는 모든 게 느리지만 세월만큼은 바깥세상처럼 빠르답니다. 그러니 서두르세요. 이제 13분밖에 남지 않았어요."

간호사는 침대 옆에 걸려 있는 기록철에 사인하고 휑하니 나갔다. 강용석은 몸을 겨우 추켜세운 후 침대를 벗어나 병실 문을 열고 복도로 나갔다. 그리고 화장실로 어기적어기적 걸어갔다. 소변기에 대고 가느다란 오줌 줄기를 내보내며 힘들게 오줌을 누고 있는데 옆에 익숙한 얼굴이 보였다.

"어, 오동추! 오랜만이다."

"네, 영감님. 그동안 잘 안 보이던데 어디 가셨어요?"

"어디 가긴? 내가 갈 때가 어디 있다고. 그냥 잠을 좀 많이 잤지."

"헤헤헤. 그렇죠. 우리가 정신병원에서 갈 때가 어디 있다고…. 고작해야 병원 앞 코딱지만 한 공원에 가는 일뿐이죠. 그마저도 개 같은 간호사 허락을 받아야 갈 수 있지만…. 제가 사회에 다시 나가게 되면 제일 먼저 뭐부터 한다고 했죠? 영감님."

"또 그 얘기! 자네가 특공대 출신이라는 거…. 이 병원에서 모르는 이가 없어."

"아무튼 이 병원을 작살낼 겁니다. 제 동료들과 함께 완전히 포위해서 사악한 원장과 그 똘마니 간호사들을 차례로 사살할 겁니다. 헤헤헤."

"어휴! 동추야! 그렇게 떠벌리고 다니니까 여기 간호사들이 너를 독방에 자꾸 가두는 거야!"

강용석은 잘 나오지 않는 오줌을 억지로 마지막 방울까지 흔들어 다 짜낸 뒤 화장실을 나섰다. 그리고 그는 잠에서 깨면 늘 하던 대로 휴게실 복도 끝에 있는 커피 자판기로 갔다. 밀크커피 버튼을 누른 후 그는 옆에 있는 의자에 앉아 숨을 골랐다. 따스한 오월이었지만 창밖으로 비친 하늘은 누렇고, 탁했다.

"젠장! 맑은 하늘 본 게 언제쯤인지 이제는 기억도 안 나네."

그는 혼잣말로 투덜거리며 자판기에서 종이컵을 뽑아 손에 위태롭게 쥐었다. 손이 계속해서 떨렸다. 게다가 컵을 잡은 손바닥이 점점 뜨거워졌다. 하지만 그는 꾹 참으며 커피를 홀짝였다. 달콤한 설탕물이 목구멍을 넘어가며 편안함을 안겨 주었다. 그는 스르르 눈을 감으며 안온함에 도취하기 시작했다. 하지만 그의 평화는 그리 오래가지 못했다.

"영감님! 그러다가 커피 바닥에 또 흘려요!"

강용석이 눈을 떠보니 살만 칸이 빗자루를 들고 그를 노려보고 있었다.

"걱정하지 마! 안 흘릴 테니."

"쳇! 안 흘리기는…. 제가 그 자리에서 바닥의 커피 닦은 게 수십 번도 넘어요. 아시겠어요?"

"알았어, 알았어, 미안해!"

강용석은 어쩔 수 없이 뜨거운 커피를 그 자리에서 억지로 다 마시고는 자리에서 일어났다. 그리고 빈 종이컵을 살만에게 건네며 말했다.

"이것 좀 부탁하네."

강용석은 싱긋이 웃으며 휴게실로 향했다. 그는 자기의 뒤통수가 따끔거리는 것을 느꼈다. 아니나 다를까 살만은 빈 종이컵을 손에 쥔 채 강용석이 사라질 때까지 분노에 찬 눈으로 그를 노려봤다.

휴게실은 노인들로 가득했다. 벽면에는 온화한 색감의 벽지

가 붙어 있었다. 차분한 분위기가 느껴지는 공간으로, 다양한 모습의 환자들이 저마다의 모습으로 존재했다. 어떤 이는 부드러운 등받이의 의자와 소파에 비스듬히 누운 채 천장을 멍하니 바라보거나, 몇몇 노인들은 손에 컵을 쥐고 따뜻한 차를 마시며 서로의 이야기에 귀 기울이며, 지난 추억을 나누었다. 휴게실에는 조용한 음악이 흘렀다.

의자 하나에는 손에 들린 책을 중얼거리며 읽는 노인도 있었다. 다른 한쪽에는 미소를 띠며 작은 퍼즐을 조립하는 이가 있고 작은 그룹이 모여 카드 게임을 즐기기도 하였다. 휴게실 구석에는 정원으로 향하는 창문이 있는데, 어떤 노인은 창가에 앉아 실외의 자연을 감상하고 있었다. 어느 누가 봐도 느껴지는 것은 고요함과 느림이었다.

하지만 휴게실 구석, 빛이 거의 스며들지 못하는 어둡고 침침한 곳에는 무척 빠르게 열 손가락을 책상 바닥에 두드리는 젊은 이가 있었다. 강용석은 그를 발견하고 그의 곁에 가서 털썩 주저앉았다.

"빅토르. 오늘은 어디 해킹하는 거야?"

"우주기밀안전산업국이지. 영감님."

빅토르는 여전히 책상에 시선을 고정한 채 강용석에서 대답했다.

"어려운 거야?"

"당연하지. 보안등급 최상급이야. 지금까지 이곳을 뚫은 이는 케빈 미트닉, 매튜 배번, 게리 맥키논뿐이야. 물론 그들에게 뚫리고 나서 보안이 한층 더 강화되었지만….”

“케빈이 누군데?”

“이런! 케빈을 모르다니! 전설적인 케빈을 모른다는 거야? 영감님.”

빅토르는 비로소 얼굴을 들어 강용석을 쳐다보며 한심한 듯 노려봤다. 하지만 곧 책상으로 시선을 다시 옮겼다.

“당연하지! 케빈 미트닉, 매튜 배번, 게리 맥키논을 모르는 것은 당연한 거야! 영감님이 어떻게 알겠어? 해킹의 해자도 모르는 양반인데!”

어느새 강용석 옆에 안소진이 와 있었다. 그녀는 천장을 바라보며 빅토르에게 대들 듯이 강용석을 옹호했다.

“어, 안소진이구나. 언제 돌아온 거야?”

강용석은 반가운 표정으로 그녀를 바라보며 물었다.

“27시간 전에요. 강용석 님.”

“이번에는 어디 발굴한 거야?”

“먼저 이란으로 갔어요. 그곳 펌페이는 아하메니드 왕조의 왕들에 의해 건설된 도시로, 고대 페르시아 문명의 중심지거든요. 저는 대제왕 다레이오스 1세에 의해 시작된 건축과 연관이 있는 유적들을 발굴하였어요. 그리고 폼페이로 갔어요. 베수비오 화산 폭발은 알고 있죠? 강용석 님. 제가 지난 번에 말씀드렸잖아요.”

“오, 그럼 알고 있지. 화산 폭발로 하루아침에 도시 전체가 사라졌다는 곳.”

"네, 맞아요. 저는 그곳 유물을 통해 로마 시대의 일상생활과 문화를 엿볼 수 있었어요. 그리고 튀니지에 있는 카르타헤나로 갔어요. 고대 페니키아인의 도시로, 로마와의 전쟁 등 역사적 사건들이 벌어진 곳이죠. 저는 그곳에서 꽤 오랫동안 유적을 발굴했어요. 그리고 가장 가고 싶었던 곳. 바로 고대 메소포타미아 문명의 중심지로 갔죠. 우르, 나브루드, 에리흐, 니느르 등의 유명한 도시들을 샅샅이 훑고 왔어요."

"와! 대단히 멋진 여행이었구나!"

"그럼요. 이로써 저는 좀 더 신의 영역에 가까워졌다는 느낌을 받았어요. 아니 확신했어요. 언젠가 저는 모든 인간 고대사의 수수께끼를 풀 겁니다."

"당연하지. 자네는 신이 내린 축복이지. 암, 그렇고말고."

강용석은 안소진을 흐뭇하게 바라보며 말했다.

"혹시 다음에 나와 같이 여행 갈 수 있겠나?"

"거기가 어디인데요?"

"아주 먼 곳. 우리 은하의 끝."

"제가 관심을 가질 만한 것이 있는 건가요?"

"아, 물론 있지. 그곳 행성에는 흑해보다 더 크고 태평양보다 더 깊은 심해가 존재해!"

"강용석 환자님! 또 그 애기?"

강용석이 고개를 들어보니 간호사였다. 그녀는 숨을 헐떡이며 뾰로통한 표정으로 그를 째려봤다.

"여기 있으면 어떡해요! 강용석 님. 원장님 면담 시간 지났잖아요! 빨리 절 따라오세요!"

간호사는 씩씩거리며 앞서 나갔다.

강용석은 빈정거리며 그녀의 뒤를 허겁지겁 따라갔다.

"오, 안녕하세요. 강용석 영감님."

원장은 소탈한 미소를 지으며 그를 맞았다. 하지만 눈에 띄게 퉁퉁하고 풍만한 얼굴 형태를 띤 그의 외모에 반해 그는 단정함과 치밀함도 지녔다. 정교하게 정돈된 눈썹과 뚜렷한 눈의 윤곽, 날카로운 눈매에서 뿜어져 나오는 강렬한 시선이 강용석을 삽시간에 훑고 지나갔다.

그는 모든 게 엄격했다. 깔끔한 정장, 정돈된 짧은 회색 헤어스타일. 날카로운 현실 감각과 판단력, 당당하고 진중한 태도, 안정된 외모와 자신감 넘치는 표정은 그의 지위와 역할, 책임감과 전문성을 알려주었다. 한 마디로 성숙한 품위를 갖춘 중년의 정신병원 원장이었다.

"젠장, 그놈의 영감님 소리! 제발 그 영감이라고 부르지 마세요. 제 나이 이제 쉰아홉밖에 안 되었다고요! 새파란 청춘이란 말입니다! 원장님!"

청춘이라고 하기에 강용석은 너무 비쩍 마르고 비대칭이고 늙어 보였다. 턱선은 뾰족하고 광대뼈는 두드러지고 게 드러났다. 그리고 피부는 창백하였다. 두꺼운 입술은 심하게 터서 피딱지가 늘 붙었다. 옷은 헐거워져 몸매의 비정상적인 형태를 더욱 부각했다.

손목과 팔꿈치는 가늘었고 손가락의 관절과 뼈가 툭 튀어나왔다. 눈은 깊게 파였고 쭈글쭈글한 주름살과 어두운 눈 밑 그림자가 그의 상태를 대변했다. 그는 몽매하고 흐트러진 인상 속에 흐느적거렸다.

눈썹은 삐뚤어져 있고, 시선은 흐릿하고 어딘가에 멍하게 고정되어 있었다. 얼굴은 찌그러지고 미소는 찡그림에 더 가까웠다. 머리카락은 엉성하게 뒤로 넘겨져 뒤죽박죽으로 섞여 있었다. 허접하거나 무심한 듯한 옷차림으로 주변 환경에 대한 둔감한 느낌을 주었다. 이는 그의 정서적 불안과 혼란을 고스란히 드러냈다. 원장과 대조적이었다. 그는 누가 봐도 늙은이였다.

"아, 죄송합니다. 강용석 님. 하지만 어쩌겠습니까. 여기 호적에 명기된 실제 나이는 일흔아홉으로 기재되어 있습니다만…."

"20년은 제가 동면한 시간이라고요. 아시겠어요? 원장님. 지난번 면담 때 말씀드렸잖아요. 우주 탐험대 선장이었다고."

"네, 물론 알고 있습니다. 강용석 님. 아주 유능한 우주인이었다고 말씀하셨죠…. 그런데 말입니다. 근무하셨던 회사가 그… 스 뭐라고 하셨죠?"

"네. 맞습니다. 원장님. 스페이스 K. 우주 식민지 개척의 선두주자! 대항해 시대의 끝판왕. 스페이스 케이!"

"그런데 말입니다. 제가 조사한 바로는 스페이스 K에 강용석 님의 근무기록이 전혀 없는 것으로…."

"그건 그들이 저를 일부러 숨기는 겁니다. 제가 이곳에 강제로 끌려오게 된 이유이기도 하고요."

"무슨 이유가 있습니까? 저들이 강용석 님을 숨겨야 할 만한?"

"이유야 많죠! 우선 수조 원에 달하는 최첨단 인공지능 시스템을 박살냈거든요."

"인공지능을 없앴다고요?"

"네. 어쩔 수 없었습니다. 제 명령을 거부했으니까요."

"어떤 명령이었는데요?"

"지구로 돌아가자고 했죠. 제 마지막 임무였어요. 식민지 개척 마지막 단계였는데, 가서 살펴보니 도저히 사람이 살 수 없는 환경이었어요. 그래서 돌아가자고 했죠."

"거기가 어딘가요?"

"태양계 밖, 우리은하의 끝에 있는 행성이었어요. 제가 적어드릴게요. 원장님."

자신의 이야기에 약간 신이 난 강용석은 원장 허락도 떨어지기 전에 원장의 책상에 있는 메모지를 찢어 볼펜으로 행성의 이름을 적었다.

'마르4469b.'

"하지만 이것은 과학자 사이에 통용되는 공식 명칭이고요, 대부분의 식민지 행성은 부르기 좋은 별칭을 가지고 있죠."

강용석은 돌아서서 자리에 앉으며 자랑스러운 듯한 표정을 지었다.

"그럼 별칭은 뭔가요?"

"그건 모르겠어요. 제가 그곳으로 떠날 때만 해도 별칭은 존재하지 않았어요. 하지만 만약 제가 이름을 짓는다면 저는 그 행성을 '심해지옥'이라고 말하겠어요."

"무슨 이유가 있나요?"

"그곳에는 지구보다 더 깊은 심해가 있고 실제로 지옥에서나 나올 법한 괴물과 위험한 물체가 가득하니까요."

"그런데 인공지능은 왜 지구 귀환을 거부한 건가요?"

"순전히 그놈의 망할 회사 때문이죠. 그저 돈벌이에 급급한 망할 놈의 회사! 인공지능이야 그저 회사 시킨 대로 하는 놈이니까 뭐 그렇다 쳐도…. 도대체가 사람이 살아서는 안 되는 곳에…. 지금도 아마 매년 수백 명의 거주민을 실어 나르고 있을 거예요."

원장은 강용석의 말에 고개를 끄덕이며 동조하는 듯이 보였다. 하지만 그의 표정에서는 빈정거림을 지울 수는 없었다.

"그런데 이상한 점이 한 가지 있습니다. 강용석 님. 인공지능 없이 어떻게 지구로 돌아왔어요? 내가 듣기로는 우주선은 인공지능으로만 움직인다던데."

"수동 모드로 왔죠. 인공지능만큼 똑똑한 대원이 있었거든요. 하지만 정작 문제는…. 장장 7년 동안 동면을 하지 못한 채 왔다는 거예요. 정말이지 지겨워 죽는 줄 알았어요. 제정신이 온전하지 못한 것도 아마 그 때문일 거예요. 아마 원장님도 7년 동안 매일 똑같은 하늘에 똑같은 우주선에 갇혀 있으면 저처럼 될 수도 있을 거예요."

"하지만 만약 강용석 님이 그렇게 귀환하였다면 모든 언론이 가만 있지 않았을 텐데…. 제가 조사한 바로는 기사 한 줄 보이지 않아요."

"어휴! 그게 바로 저놈의 헤르메스. 아 아니 인공지능 때문이에요."

"그건 또 무슨 소리인가요?"

"저희 우주선이 겨우겨우 태양계로 접어들고 화성 근처를 비행할 때 회사에서 연락이 왔어요. 뒤늦게 귀환을 승낙한다고…. 그래서 저는 그 말을 믿었죠. 그래서 인공지능 전원을 켰어요. 결국 헤르메스가 다시 살아난 거죠."

"그런데?"

"헤르메스가 살아나자마자 한 첫 번째 행동이 4차 탐사대의 모든 기록을 삭제한 거였어요. 게다가 모든 탱크의 물을 우주로 날려 보냈어요. 다시 말해, 모든 증거를 없애는 거죠. 그리고 동면하고 있던 우리 대원의 생명 유지 장치를 껐어요. 결국 모두 죽이겠다는 거였어요. 저까지 포함해서."

"그래서 어떻게 되었어요?"

"어떡하기는요? 헤르메스를 개박살냈죠. 아주 철저하게 부숴 버렸어요."

"잠든 대원은 어떻게 되었어요? 죽었어요?"

"코마 상태에 빠졌죠. 할 수 없이 저는 우주선을 화성 기지로 방향을 돌릴 수밖에 없었어요. 그리고 그곳에서 회사 보안팀에 끌려갔어요."

“그래서 어떻게 되었어요?”

“그래서 어떻게 되기는요? 여러 가지 검사를 해야 한다고 저를 여기저기 데려가 이상한 약물이나 주사하고 그러더니 몇 달 뒤 저를 이곳으로 보낸 거죠. 뭐 과대망상증이라나 뭐라나…. 참 개 같은 회사 놈 새끼들.”

“다른 대원의 소식은 듣지 못했나요?”

“못 들었어요. 그냥 흩어졌어요. 뭐 당연하겠죠. 우리가 다시 모이면 저들이 숨기고 싶은 비밀이 들통날 테니.”

“음…. 알겠어요. 강용석 님. 오늘 면담은 여기까지 하는 걸로 하겠습니다.”

“뭐 질문 있으신가요?”

“질문은 없고요. 우리 대원 소식을 알 수 있으면 알려주시고요. 그리고 간호사보고 진통제 좀 많이 주라고 하세요.”

“네. 그렇게 하겠습니다. 강용석 님. 그럼 이제 방으로 돌아가셔도 되겠습니다.”

강용석이 돌아가고 난 뒤 원장은 모니터에 환자 접견 소견서를 띄웠다. 그리고 그의 의견을 적어 나갔다.

‘강용석은 아직도 성장기 때 받은 폭력의 후유증에서 벗어나지 못한 것으로 생각한다. 그는 약간의 조울증과 우울장애, 사회불안 장애가 있고 현실성이 떨어지는 환상과 정신 분열 증상이 있으며 그로 인한 사고, 감정, 행동의 조절 능력이 떨어진 상태이다.

아울러 편집증적 · 피해망상적 소견도 있으며 불안을 완화하기 위해 일정한 패턴의 분노를 유발한다. 과도한 스트레스 반응도 여전하고 지속적인 고통과 불안, 고통스러운 기억을 현실과 상상 속으로 치환한 상태를 여전히 유지하고 있다. 또한 약물 등의 중독으로 인한 문제가 포함되어 있다. 향후 지속적인 관찰과 약물 치료, 인지행동치료, 심리적 지원 및 상담, 전기요법의 병행을 요한다.'

원장이 강용석에 대한 의사 소견을 끝냈을 때쯤 한 통의 영상 전화가 도착했다.

"여보! 여보! 드디어! 드디어! 엘도라도에서 초청장을 받았어! 여보!"

원장의 아내였다. 그녀는 핸드폰 앞에서 깨춤을 추며 기쁨을 만끽했다.

"여보! 그게 정말이야? 정말 우리가 초청받은 거야?"

원장도 덩달아 폴짝폴짝 뛰기 시작하며 자신의 두 눈을 의심한 듯 볼을 꼬집기까지 하였다.

"그래! 여보! 정말이야! 내가 지금 초청장 당신에게 보내줄게. 한번 봐봐! 우리 이제 이 지긋지긋한 지구를 떠날 수 있게 된 거야!"

"응! 알았어! 지금 볼게. 잠시만."

곧이어 메시지 도착 알람이 울렸다. 원장은 두근거리는 마음으로 초청장 문서를 모니터에서 펼쳤다.

'안녕하세요! 김재준 박사(배우자 송도영 박사)님.

꿈과 희망을 찾아 새로운 행성에서 멋진 삶을 기획하고 계시는 고객분을 항상 정성으로 모시는 기업 엘도라도입니다.

축하합니다. 김재준(송도영) 님.

귀하는 이번에 태양계 외행성인 '심해천국'의 13차 거주민

이주 프로그램에 참여 우선권을 획득하셨습니다.

무려 이만 오천 대 일의 경쟁을 뚫고

이 같은 놀라운 행운을 거머쥐신 것입니다.

더 자세한 내용과 공식 계약서는 조만간 보내드리겠습니다.

이제 떠나기 위한 마음의 준비하시고

지구에서의 마지막 순간을 추억과 행복이

가득한 시간으로 채우시기를

바랍니다.

다시 한 번 축하드립니다.

꿈을 실현하는 기업 엘도라도 전 직원 올림.

* 참고 : 엘도라도 거주민 이주 프로그램은, 우주 항해 선도기업 스페이스 K의 후원 아래 시행됩니다. 행성 '심해천국'의 공식 명칭은 '마르 4469b'입니다. 감사합니다.'

원장은 감격에 겨워 눈물을 글썽이며 초청장을 읽고 또 읽었다.

'드디어 지구를 벗어날 수 있게 되었구나!'

어느 정도 시간이 지난 후 안정을 되찾은 그는 오늘 밤 아내와 함께 멋진 축하 파티를 생각하기 시작했다.

'오늘 밤, 그래! 오늘 밤 최고로 멋진 파티를 해야겠어.'

그러다 문득 그에게 강용석이 남기고 간 메모가 눈에 띄었다. 그는 그 메모를 들고 천천히 읽었다.

'마르 4469b.'

그는 초청 메시지와 메모를 번갈아 읽고 또 읽었다.